Ernst F. Reinhard

Gestern war heute noch morgen

Gedankenkraut, Erinnerungsrüben
und andere seltsame Gewächse

novum 📖 pro

Dieses Buch ist auch als
e-book
erhältlich.

www.novumverlag.com

Bibliografische Information
der Deutschen Nationalbibliothek:

Die Deutsche Nationalbibliothek
verzeichnet diese Publikation in
der Deutschen Nationalbibliografie.
Detaillierte bibliografische Daten
sind im Internet über
http://www.d-nb.de abrufbar.

Gedruckt in der Europäischen Union
auf umweltfreundlichem, chlor- und
säurefrei gebleichtem Papier.

© 2022 novum Verlag

ISBN 978-3-99131-141-6
Lektorat: Susanne Schilp
Umschlagfotos: NASA/Egon Reip,
Larysa Uhryn | Dreamstime.com
Umschlaggestaltung, Layout & Satz:
novum Verlag
Innenabbildungen: Egon Reip

Die vom Autor zur Verfügung gestellten Abbildungen wurden in der
bestmöglichen Qualität gedruckt.

www.novumverlag.com

Climate neutral
Print product
ClimatePartner.com/16547-2201-1002

Well, I'll be damned
Here comes your ghost again
But that's not unusual
It's just that the moon is full …
We both know what memories can bring
They bring diamonds and rust

Joan Baez

Eine kleine Warnung vorneweg

Glaubt mir kein Wort!

Egal, was ich euch erzähle – glaubt mir kein Wort.

Auch wenn euch alles, was ich sage, plausibel und vernünftig, zumindest aber nachvollziehbar erscheint – es ist es nicht, oder zumindest, muss es nicht sein, möglicherweise ist es nicht so, sondern ganz anders, vielleicht ist es auch gar nicht.

Wer weiß?

Lasset mich denn erzählen von den unterschiedlichsten Dingen und Ereignissen, seid dabei, wenn ich mich wie einst Orpheus in die Unterwelt – in diesem Fall des Geistes – wage, jene Welt, von der wir erst seit dem von den braunen Horden, den reinen Volksgenossen aus der Heimat vertriebenen Professor aus der Berggasse in Wien wissen, um von dort Verlorene zurückzuholen, Gewesenes auszugraben.

Begleitet mich, wenn alte Erinnerungen wach werden, verschieden, süß, bitter, verschwommen, verklärt ... wenn Tote auferstehen, die Grenzen zwischen dem Hades, der Anderswelt der alten Kelten und dem Jetzt und Heute durchlässig werden, wenn Zeiten, Orte und Erlebnisse, längst vergessene Gestalten, Namen auftauchen aus dem Ozean der Erinnerung, wieder versinken, um sich selbst tanzen im ewigen, sich ändernden Rhythmus, sich vermischen wie in einem Kaleidoskop.

Lasst mich euch unterhalten, euch entführen in fremde Länder, fremde Köpfe – lasst mich euch Gedanken zeigen, fremd, vertraut, Ideen, die nichts sind als ein Plagiat ihrer selbst, weil sie schon längst gedacht, immer wieder gedacht werden, so wie Kühe ihr Futter wieder heraufwürgen, um nochmals und nochmals ... Blicke werfen auf die Welt, die wir kennen, zu kennen glauben, die wir so noch niemals wahrgenommen haben, die völlig fremd scheint und doch vertraut, lasst euch davontreiben vom Rhythmus der Worte wie von den Wellen eines vorübereilenden Gewässers, lauscht dem glucksenden Murmeln, dem gleichförmigen Rauschen, dem Tosen der Brandung – doch achtet darauf, euch nicht darin zu verlieren, nicht zu ertrinken, abgelenkt und verwirrt vom Gesang der Lorelei, eingefangen von den Armen Undines.

Wandert mit mir durch den seltsamen Garten in meinem Kopf, seht, was da an unterschiedlichsten, seltsamen, vertrauten Gewächsen zu finden ist, verweilt im Schatten eines uralten Baumes, wandert entlang verschlungener Pfade, verirrt euch, findet euch wieder, genießt ...

Vor allem aber, vergesst niemals das eine:
Glaubt mir kein Wort!

Denn in der Tiefe meiner Seele, vielleicht in meiner kulturellen und geistigen Geprägtheit, als Kind und Kindeskind unserer europäischen Kultur mit all den unterschiedlichen Einflüssen und Strömungen – bewusst, erkennbar, verdeckt, verdrängt, vergessen, ideologisiert, christianisiert, rationalisiert ... und doch vorhanden und allbeeinflussend – bin ich – wenn man nur weit genug zurückgeht, sich zurückwagt in das Labyrinth – zumindest teilweise auch Minoer, also Kreter.

Und – wie seit mehr als zweitausend Jahren allgemein bekannt – alle Kreter lügen.

Ein erster kleiner Einschub

(weitere werden sicherlich folgen)

Wenn nun aber – wie es hieß – ein Kreter behauptet, dass alle Kreter lügen (dies nur für all diejenigen, die sich hierher verirrt haben, ohne über jenes fundierte Halb- oder besser vielleicht doch Sechzehntelwissen zu verfügen, das einem einst eine sogenannte klassische humanistische Gymnasialbildung zu vermitteln versuchte – keine Ahnung, wie es heutzutage darum bestellt ist, ob auch die (zumindest) „Einführung in klassische Philosophie" durch operationalisierte, fassbare, kompetenzorientierte Inhalte ersetzt wurde. Wir jedenfalls wurden seinerzeit – im vorigen Jahrtausend – mit derartigen Dingen konfrontiert, Aussagen, deren Sinn wir damals meist nicht verstanden, erst viel später – manche wenigstens und das vermutlich nur teilweise – in ihrer Bedeutung als Anregung für das eigene Denken erkannten), wenn also einer von sich selber behauptet, er lüge, dann haben wir ein Problem.

Denn wenn ein Kreter behauptet, dass ausnahmslos alle Kreter lügen, dann lügt er – zwangsläufig – ebenfalls.

Wenn er aber lügt, würde dies ja bedeuten, dass alle Kreter die Wahrheit sprechen, was wiederum bedeutet, dass – da dies ja nun die Wahrheit ist – die Aussage stimmt, sie also lügen.

Alles klar?

Und genau mit dieser Überlegung sollte man auch an die folgenden Seiten herangehen.

Lüge oder nicht Lüge – wer weiß.

Prolog

Aus den blauen Fluten des Mittelmeeres, auf jenem Weg, den einst die Binsenboote von Ägypten nach Europa nahmen, ragt eine Insel, jene Insel, auf der – wenn man den alten Geschichten glauben will – einst Gaia, die Erdenmutter, ihren Enkelsohn Zeus in einer Höhle versteckte, auf dass er nicht, wie all seine Geschwister vor ihm, von Vater Chronos, dem Titanen und Herrscher des Goldenen Zeitalters, gefressen würde aus Angst vor der Prophezeiung, die über diesem lag wie ein dunkler Schatten und wie eben dieser Schatten nicht abzuschütteln, es sei denn, man wäre in die Finsternis gegangen.

Diese Insel – die Heimat der ersten Hochkultur Europas – wurde einst regiert von einem mächtigen König, den man „Minos, der Listige" nannte – so klug, so gerissen, mit allen Wassern gewaschen, dass er meinte, sogar den Gott der Meere hinters Licht führen zu können (er hat es zumindest versucht – erfolglos zwar und mit fatalen Folgen, aber das ist eine andere Geschichte).

Dieser Minos wohnte – und davon kann sich, wer mag, auch heute noch in Knossos überzeugen – in einem prächtigen Palast mit einem wohl ebenso prächtigen Garten.

Und in diesem Garten, mit all seinen unterschiedlichen Pflanzen (von denen ich zumindest zwei als Namensgeber genommen habe für das, was auf den folgenden Seiten „losgelassen" wird – von wegen „Kraut und Rüben") saß, vielleicht im Schatten eines alten Olivenbaumes, ganz in der Nähe jenes

11

Labyrinths, in dem der Minotaurus, das lebende Ergebnis des minoischen Versuchs, Poseidon zu betrügen, auf Menschenfleisch wartete – wozu auch immer, vorzugsweise aber in Form von Jungfrauen, jedoch wurden auch zarte Jünglinge durchaus nicht verschmäht (bekanntlich frisst der Teufel in der Not auch Fliegen und immerhin sind wir irgendwie doch in Griechenland) –, Ariadne, die dem Gott des Weines und der Feste als Gattin versprochene, und webte an einem Faden.

Jenem Faden, der sie unvergesslich machen würde.
Doch das wusste sie noch nicht.
Denn Theseus war noch nicht gelandet.

Und wir, die wir wissen, die wir uns diesen Faden möglicherweise als Anregung, zum Vorbild nehmen, als Mittel zur Orientierung, auf dass wir uns nicht unrettbar verstricken, verirren, abkommen von dem verschlungenen Weg zurück von den Windmühlen unseres Geistes, wir können es ihr nicht sagen.

Selbst wenn wir wollten.
Denn wir sind die Verschlungenen des Chronos.
Ausgespien im Jetzt, Kinder dieser Zeit.

Kein Weg zurück.

Die Antwort, mein Freund ...

Warum?
Von mir aus auch „wieso"?

Diese kleine Wort, diese kleine, so einfach gestellte Frage, die Eltern weltweit zur Verzweiflung treibt, weil der geliebte (und in diesem Augenblick manchmal auch weniger geliebte) Nachwuchs eine Begründung für alles Mögliche – vom Wasser, das nass über den Himmel, der blau bis – möglicherweise – hin zum Haustier, der Oma ... der, die, das tot, sicherlich aber dafür, dass er oder sie still sitzen, Zimmer aufräumen oder was auch immer soll, jetzt kein Eis bekommt ... die Liste ließe sich ewig fortsetzen und jeder, der Kinder hatte oder gerade hat, kennt dies nur zu gut – verlangt oder zu mindest Erklärung erheischt, gar nicht böse gemeint oder um jemanden zu ärgern, sondern nur um zu verstehen, dieses kleine Wort schwebt auch über diesen Seiten.

Und das in zweifacher Hinsicht.

Warum meint da einer, die Welt mit seinem Geschreibsel erfreuen zu müssen, als ob es nicht schon genügend bedrucktes Papier gäbe, voll von sinnvollem und sinnlosem, geistreichem und hirnlosem, wertvollem und wertlosem, erhellendem und verdummendem Ausfluss großer und weniger großer Geister?

Wen interessiert's?

Warum – und damit sind wir auch schon bei der zweiten Seite der Medaille – soll jemand es sich antun, das alles zu lesen, eventuell sogar darüber nachdenken oder sagen ... egal.

Fragen, die jahre-, um nicht zu sagen, jahrzehntelang erfolgreich verhinderten, dass etwas getan wurde.

Fragen und mit Sicherheit keine Antworten.

Und wenn doch, dann nur aus rein persönlicher Sicht, subjektiv, ohne den Anspruch erheben zu können und auch ohne diesen zu erheben, in irgendeiner Form allgemeingültige Aussagen zu treffen.

Andererseits, und das ist die Erkenntnis des Alters – ist nicht alles, ist nicht die ganze Welt um uns herum oder zumindest das, was wir davon wahrnehmen (können), subjektiv?

Nicht umsonst hat ein englischer Entertainer, Sänger und zumindest zeitweise gehypter Star festgestellt, als es um die Aufarbeitung eines uralten Streites ging: Es gibt drei Versionen der Geschichte, meine, deine und dann die Wahrheit. (Man möchte gar nicht glauben, welch philosophische Erkenntnisse sich oft in banalen Liedtexten wiederfinden – ich will jetzt gar nicht vom „großen existentialistischen Philosophen" Michele Cacciatore sprechen und seiner Erkenntnis „You can't always get what you want".)

Es soll ja sogar Menschen geben, die der Meinung sind, dass wir unsere gesamte Umgebung, das ganze Universum selber schaffen mit dem, was wir sehen, hören, riechen und denken.

Und – Optimist, der ich geblieben bin, der da an den menschlichen Drang, wissen zu wollen, glaubt, bin ich der Hoffnung – es gibt da immerhin eine Generation, die möglicherweise wissen will, wie es damals war, als sie klein (im Sinne von jung gemeint) waren, weil sie es sich gar nicht vorstellen können, sich nicht mehr erinnern –, dass möglicherweise vielleicht doch ...

Und – noch viel wichtiger – auf dass nicht alles verloren ginge in den Strudeln der Zeit, die am Ende auch nur eine einzelne – angepasste und allgemein anerkannte (von manchen auch nur deshalb, weil man sich nicht gegen den Strom stellen mag, weil es einfacher ist, opportun und man dadurch weniger gefährdet, sich ein Stigma „einzutreten", das man ähnlich schwer wieder los wird, wie das berühmte Hundstrümmerl am Schuh) – Zusammenfassung und Darstellung übrig lassen.

Jene, die sich dann in den politisch korrekten und approbierten Lehrbüchern – auch wenn die Zukunft eben dieser Lehrbücher ungewiss ist, sie dem modernistischen Zeitgeist folgend den glückselig machenden elektronischen Medien Platz machen oder Wissen, opportunes Wissen, selbstverständlich, mittels Hypnoschulung vermittelt wird – wiederfindet und mangels Alternativen auch so und nicht anders geglaubt werden muss.

Möglicherweise auch, weil ...

... dieses Fragen – und auch das mag durchaus eine Rolle spielen in diesen Überlegungen – vielleicht von mir selbst zu wenig betrieben, getan wurde, wohl auch geschuldet einer Eltern- und Großelterngeneration, die nicht unbedingt die auskunftsfreudigste war, was die erlebten Ereignisse betrifft, einer Generation, die ihre Traumata zuschüttete, durch Schweigen verdrängen wollte, Geschehen ungeschehen machen, indem man nicht darüber spricht.

Von Psychologen, die heute jedes reale oder imaginierte Trauma, das möglicherweise dadurch erlitten wurde, dass böse Nicht-Veganer die Haut bemitleidenswerter Kreaturen, die nur getötet wurden, um dieses perverse Verlangen zu erfüllen, sie sich an die zu Füße binden oder gar um die Schultern und den Oberkörper – egal ob mit oder ohne deutlich erkennbare sekundäre Geschlechtsmerkmale, deren Zurschaustellung ja schon ein weiteres Trauma verursachen könnte – zu wickeln, trefflichst in langwierigen Sitzungen zu besprechen und behandeln verstehen, war man damals noch jahreweit entfernt.

Ganz abgesehen davon, dass es vermutlich niemals genügend Psychologen gegeben hätte, um einer ganzen Generation zu helfen, das zu verarbeiten, was ihnen – egal ob als Anstifter, Täter, Mitläufer, nur Befehle Befolgender, als Ausgegrenzter, Opfer, wobei da die Grenzen oft genug verschwimmen, Täter auch zu Opfern werden konnten und Opfer zu Tätern – widerfahren, was sie erlebt, gehört, gesehen.

… man selber zu wenig gefragt hat – ohne Vorwurf, ohne „Wie konntet ihr nur?!", ohne zu werten, im Gegensatz zu manchen (zu ihrem persönlichen Glück viel später geborenen) Moralisten wissend, dass es so viel einfacher ist, aus der Sicherheit der zeitlichen und räumlichen Distanz zu werten, beurteilen, verurteilen, als wenn man, direkt betroffen, alle möglicherweise fatalen Konsequenzen berücksichtigend, entscheiden muss, nur um zu erfahren.

… man das Schweigen hinnahm, vielleicht auch ganz froh, dass nichts die erlernte Version der Geschichte in Zweifel ziehen ließ, weil man nicht wagte zu fragen, um nicht alte Wunden aufzureißen, Salz in solche zu reiben, die nie verheilt sind, froh war, dass nicht plötzlich die Erzählung, die persönliche Geschichte das eigene Weltbild, das man sich – selbstverständlich dem Mainstream folgend und bestenfalls von anderen, hippen, modernen Einstellungen ergänzt, unterfüttert – zusammengebastelt hat, erschüttert oder gar zerstört würde.

Und das alles nur, um dann – wenn es zu spät ist – festzustellen, dass man von den Menschen, ihren Erfahrungen, ihren Gründen für oder gegen … eigentlich nichts weiß.

Und um dieses Memento (es muss ja nicht gleich mori sein) nicht auch selber in die aufziehenden Nebel sich verlieren zu lassen, um denen, die es vielleicht irgendwann einmal, später, interessieren könnte, zumindest einen kleinen Splitter aus jenen Tagen zu hinterlassen, da man am Telefon nicht fragte, wo jemand sei, denn das war klar – es gab nur ortsgebundene Fernsprecheinrichtungen mit an Schnüren hängenden Hör- und Sprechmuscheln (gut, diese waren schon in einem Hörer zusammengefasst und es gab nicht nur die sich drehende Wählscheibe, mit deren Hilfe eine schriftlich festgehaltene oder im Kopf gespeicherte Nummer gewählt werden konnte, es gab auch schon, neumodisches Zeugs, Geräte mit einem Ziffernblock) –, sondern eher, wer denn da am anderen Ende der Leitung sei – das wusste man wirklich nicht, es mochte der Bruder, die Schwester, der Vater oder sonst jemand anstelle der gewünschten Person den Anruf entgegennehmen, noch spannender war es aber, wenn man selbst angerufen wurde – da hatte man, bis sich der oder diejenige mit Namen vorstellte, ja theoretisch jede Möglichkeit, wenn denn der Anruf überhaupt jemandem aus der Familie galt und man nicht gebeten wurde, den oder die in der näheren Umgebung wohnende Person doch bitte an das Telefon zu holen.

All das kann sich heute wohl kaum mehr ein Mensch vorstellen, doch es gab tatsächlich eine Zeit, da dies vollkommen normal war, ja, jemand, der über eine Fernsprecheinrichtung verfügte, schon so etwas wie privilegiert war (obwohl dies – vor allem bei dem Ansinnen, doch … zu holen oder der Person wenigstens auszurichten, dass ... – manchmal eher nicht wie ein Privileg, sondern wie eine zusätzliche Bürde wahrgenommen wurde), eine Zeit, da Menschen am Telefon lauter sprachen, ja, geradezu schrien, weil der Gesprächspartner ja weit weg war, außer Sicht – aber offensichtlich gerade noch in Hörweite.

Auch nicht, wie es ist, wenn man zwar theoretisch einen (Viertel-)Telefonanschluss besitzt, diesen aber praktisch nicht nutzen kann, weil einer der restlichen Viertelbesitzer diesen permanent blockiert, eine Erfahrung, die sich dann wiederholte, als man entweder telefonieren oder mittels Modem in die unendlichen Weiten des Internets eintauchen konnte, wodurch aber jegliche gleichzeitige Telefonkommunikation unmöglich wurde.

Ganz zu schweigen davon, dass irgendwann ein durchaus kluger Mensch feststellte, die Menschheit würde sehr wohl so etwas wie Computer gut brauchen können und den Bedarf für den ganzen Globus auf fünf, maximal sechs solcher Geräten einschätzte oder dass die gesamte Mondlandemission von Apollo 11 (und für die folgenden wird es nicht viel anders gewesen sein) mit einer Rechnerkapazität durchgeführt wurde, die heute nicht einmal zum Speichern eines Bildes am Smartphone reichen würde.

Alexa war damals eine mögliche Kurzform von Alexandra und wenn ein Gerät, das zum Abspielen von Musik gedacht war, plötzlich begonnen hätte, zurückzureden, zu diskutieren, vorzuschlagen ... dann wäre es wohl vorsichtshalber zerstört worden, sobald man sich von diesem Schock erholt hätte.

Man mag es Nostalgie nennen, einen Versuch von Faust'schen (oder auch nur Fäustchen'schen) Dimensionen, den Moment festzuhalten, auf dass er doch verweile, vergessend, dass dies auch bedeutet, dem Mephistophele den Sieg zu überlassen, sich ihm auszuliefern, die Sehnsucht nach einer Welt, die einfacher, geordneter schien, einer Welt, wo weniger bedacht, gerücksichtelt werden musste, wo „politisch korrekt" und „ja nicht diskriminierendes Wording" keine Rolle spielten, wo auch Wahrheiten oder das, was dafür gehalten wurde, brutal und offen ausgesprochen wurden.

Eine Welt in der ich – kaum des Lesens mächtig, aber unendlich fasziniert von den Welten, die sich da eröffneten – begann, Indianer zu verabscheuen und Neger (ja, damals sprach man diese Bezeichnungen für Menschen anderer Hautfarbe aus, ohne sich dabei etwas zu denken, ohne jemanden damit diskriminieren oder beleidigen zu wollen, es war ganz normal, schließlich leitete sich erstere Bezeichnung vom Irrtum des Christofero Colombo ab, der da meinte, Indien erreicht zu haben und zweitere vom spanischen Wort „negro", was nichts anderes bedeutet als schwarz) zu beneiden.

Indianer verabscheuen deshalb (und da konnte nicht einmal der edle Häuptling der Apachen aus – zumindest, wenn ich mich recht entsinne – einem der ersten Bücher, die mich in fremde Welten entführten, wirklich beruhigend und mäßigend einwirken), weil in einem der bewegendsten und vom Verfasser allerdings sicherlich ganz anders gemeinten Gedicht von Peter Rosegger, „Ein Freund ging nach Amerika", am Ende dieser Freund Weib und Kind begraben musste, was selbstverständlich (in meiner Gedankenwelt zumindest) deshalb war, weil die bösen Rothäute sie dahingemeuchelt hatten.

Und Neger beneiden, weil es damals das „Negerbrot" gab, eine große Tafel mit in Schokolade gegossenen Erdnüssen, die – warum hätte es sonst wohl „Brot" geheißen – diesen als tägliche Nahrung zur Verfügung gestanden sein musste.

Natürlich wurde bald klar, dass beides nicht stimmte, dass weder die einen meuchelnde Mordsgesellen waren, sondern eher von Mordsgesellen Gemeuchelte, noch die anderen sich den Bauch mit Schokolade vollschlagen konnten, sondern im Gegenteil oft genug nicht einmal irgendetwas hatten, mit dem sie sich ernähren konnten.

Und so wuchs aus der Erkenntnis der erste Protest, das erste Auflehnen gegen die Ungerechtigkeit – nicht der Welt, denn die Welt ist nicht ungerecht, die Welt ist ein blaues Nichts in der Unendlichkeit des Universums – eines auf Ausbeutung basierenden Systems und mit diesem Aufbegehren änderte sich die Wahl des Lesestoffes und mit der Änderung des Lesestoffes der Blick auf die Welt, auf die Gesellschaft, die Menschen und damit wieder der Lesestoff – schlussendlich kann wohl niemand mehr festhalten, ob denn nun der Lesestoff die Haltung oder die Haltung den Lesestoff geprägt, beeinflusst, geändert hat, wie die Schlange, die beginnt, sich selbst vom Schwanz her zu verschlingen, und was sonst noch alles dazu beigetragen hat, mich zu dem werden zu lassen, der oder die oder das ich jetzt bin und sicherlich morgen schon nicht mehr sein werde, in dem Prozess, den man Leben nennt.

Musik sicherlich, darüber besteht kein Zweifel.

Und es ist wohl heute noch so, dass einige wenige Takte, ja, Töne ausreichen, um Stimmungen zu verändern, Gefühle (wieder) zum Schwingen zu bringen, Erlebnisse, die damit verbunden sind, zu unerwartetem Leben zu erwecken – es sind inzwischen durchaus nicht nur heitere, schöne Momente, die da auferstehen, es haben sich auch dunkle, schwere, traurige dazugesellt.

Und sind es vor allem Liedtexte – lyrics nennt sie der Engländer und bringt sie damit weit mehr, als es das deutsche

Wort jemals könnte, zumindest in die Nähe von Literatur, wo sie, zugegeben nicht alle, ja, ich würde sogar die meisten, die da hulapaludiöh das Rehlein auf der Weide oder den Jungen mit dem Hund von Monika, pardon, der Mundharmonika besingen, explizit ausnehmen, aber es bleiben dann doch noch einige übrig, deren Anspruch sich darüber erhebt – ja auch hingehören (sollten), was immerhin auch die Nobelpreiskommission feststellte, als sie Herrn Robert Zimmerman alias Bob Dylan den Preis für Literatur verlieh, den dieser – „... so good with words", wie seine Ex-Geliebte und lebenslange Freundin feststellte – wahrscheinlich mehr verdient als manch andere Preisträger, vor allem, wenn man bedenkt, wie viele Menschen von seiner Lyrik bewegt wurden.

Ob nicht eher Leonhard Cohen hätte mit diesem Preis ausgezeichnet werden sollen, ist wiederum eine ganz andere Diskussion.

All das, was irgendwann aus irgendeiner Laune, einem Gefühl, aus einem dringenden Bedürfnis heraus geschrieben wurde, all das, das sich in Jahrzehnten angesammelt hat, verschwunden geglaubt, teilweise wieder aufgetaucht oder aus der Erinnerung rekonstruiert, nochmals aufgeschrieben, sicherlich nicht mehr so wie damals, sondern nur, soweit eben noch erinnerbar, mit ganz anderem Hintergrund, all das, was – lange genug zurückgehalten und hinuntergeschluckt und als nicht des Erwähnens wert erachtet– schlussendlich als zu schade befunden wurde, um als Reifenspur im Sand, die der Wind verweht, zu enden, bahnt sich nun hier seinen Weg.

Unbedingt notwendig?

Ja.

Und sei es nur als „Deshalb" in Beantwortung des „Warum".

Regenträume

*Manchmal, an Tagen, an denen der Himmel grau
und ohne Tiefe in den Bäumen hängt und der Regen monoton sein Lied auf die Dächer trommelt,
kommen Gesichter, Gestalten aus dem Nebel, öffnen sich Gruften in den hintersten Winkeln des Ge-
dächtnisses, tauchen Erinnerungen auf – und mit einem Mal ist der Himmel offen und die pannonische
Sonne brennt heiß auf die Sandsteinfelsen, die wi-
derhallen vom Klang der Fäustel, der sich vermengt
mit dem Geschrei der Dohlen zu einer Symphonie ...*

Summer of – nein, nicht summer of sixty-nine, sondern se-
venty-six.

Römersteinbruch St. Margarethen im Burgenland.

Der Himmel ist tiefblau und weit, die Sonne brennt und
die Dohlen kreischen.

Steile Sandsteinfelsen werfen ihr Gekreische zurück, strah-
len Hitze aus und mitten in diesem Kessel eine Gruppe rot-
häutiger, weil von der Sonne verbrannter Wahnsinniger, die
mehr oder weniger verzweifelt, vor allem aber mit mehr oder
weniger Talent versuchen, aus rohen Steinblöcken künstle-
risch wertvolle Skulpturen zu fabrizieren.

Na ja, einige wenigstens scheinen wirklich vom künstle-
rischen Ehrgeiz gepackt zu sein. Andere wieder nehmen das
ganze Unternehmen eher von der heiteren Seite, betrachten
dieses „Blockseminar plastisches Gestalten – Bildhauerei"
mehr als eine Art Aktivurlaub vom Stress des Akademielebens.

Dass wir dann dort drei Tage lang – selbstverständlich erst nach Beendigung des Tagwerkes, das ja schlussendlich beurteilt werden würde – sehr intensiv feierten, dass (ich glaub, es war) Gabi am ersten Abend noch nicht ihren zwanzigsten Geburtstag hatte, am zweiten, dass sie eben diesen beging, was selbstverständlich ordentlich zu begießen war, denn immerhin war sie ab sofort kein Teenager mehr (und damit fürderhin zur Seriosität verdammt oder so ähnlich) und schlussendlich am dritten, dass alle, abgesehen von einem – je nach Konstitution und Feierintensität, es soll welche gegeben haben, die es sich besonders gaben, während andere ... – leichten oder weniger leichten Brummschädel (gegen den aber Alkohol trefflich zu helfen im Rufe stand – das legendäre „Reparaturviertel") die beiden vorigen Tage mehr oder weniger schadlos überstanden hatten, sei jetzt nur so nebenbei und der Vollständigkeit halber erwähnt.

Ich verliere jetzt auch kein weiteres Wort über die grandiose Idee meines Namensvetters, der an einem dieser Tage nach dem sechsten oder siebenten Viertel burgenländischen Weines meinte, eine Sodawasser-Siphon-Spritzbattle anzuzetteln zu müssen, die nicht nur mit einer klaren Siegerin im eigentlich gar nicht veranstalteten Contest um den Titel der Miss Wet T-Shirt, sondern auch mit einem (durchaus nicht unfreundlich gehaltenen, kein Wunder angesichts der Zeche, aber doch bestimmten) Hinauswurf aus der gastlichen Stätte endete, ebenso wenig wie darüber, dass wir daraufhin – quasi zwangsläufig – die gute, alte irische Sitte des „pub-crawl" (eine auf der grünen Insel angeblich durchaus übliche, beliebte und bewährte Tradition und gerne gepflogene Wochenendbeschäftigung) in den pannonischen Gefilden einführten, ja, geradezu einführen mussten.

Ein Schlag, ein Klirren ...
„Scheiße!"
*Aus tiefster Seele kam dieser Schrei, ein Aufbrüllen
der Wut, der Enttäuschung.*
*Ein Schlag, ein Schlag zu viel und die Arbeit von drei
Tagen war dahin.*
*Da lag er nun, jener verflixte Steinbrocken, der ei-
gentlich den Oberteil meiner Sandsteinplastik hät-
te bilden sollen.*

In diesem Moment beschloss ich, mit sofortiger Wirkung von der ersten zur zweiten Gruppe überzuwechseln, das Werkzeug in einer letzten Geste der Wut hinzuschmeißen und mir zuallererst ein frisches Bier aufzumachen.

Der Vollständigkeit halber sei jetzt nicht verschwiegen, dass ich die Sandsteinplastik, die schlussendlich dem gestrengen Herrn Professor zur Beurteilung vorzulegen, vorzustellen oder welche Version von „präsentieren" bei einem gar nicht so leichten Steinbrocken man hier treffendst verwenden mag, war, dann – nicht mehr nach den originalen Vorstellungen (da ein Teil fehlte) aber doch irgendwie – in meiner Freizeit, um genau zu sein, in den Sommerferien, fertiggestellt habe.

*... Wir gedachten nicht der neunundneunzigsten
Wiederkehr deiner Geburt, Harry Haller, wir dach-
ten nicht einmal bewusst an dich – und doch, wie in
deinem magischen Theater machte sich plötzlich das
Gespräch selbstständig, marschierte unbeirrbar in
eine Richtung, erstarrt, unfähig abzuspringen sa-
ßen wir auf diesem Zug, der uns immer tiefer riss ...*

„Du kannst kochen?"
Na, selbstverständlich konnte ich.

Ich hatte zwar – damals, inzwischen hat sich das, wie mir immer wieder bestätigt wird, doch gründlich geändert, auch wenn ich weiterhin ohne Haube am Herd stehe, was aber kein Problem darstellt, da die Gefahr, dass sich ein Haar vom Haupt in die Suppe verabschieden könnte, inzwischen so groß ist wie die Wahrscheinlichkeit, dreimal hintereinander entweder den Jackpot leerzuräumen oder vom Blitz erschlagen zu werden – vom Kochen ungefähr die gleiche Ahnung wie die berühmte Kuh vom Stricken, aber das hat mich noch nie daran gehindert, etwas zu versuchen.

Nur, warum ausgerechnet ich, das einzige anwesende männliche Wesen, und nicht eine meiner drei Kolleginnen?

Vielleicht hatte ich den Mund doch ein wenig zu voll genommen, was ich mir aber eigentlich, wenn ich es so recht bedenke, nun wiederum überhaupt nicht vorstellen kann, bescheiden und schüchtern, wie ich mich nicht nur grundsätzlich zu geben bemühe, sondern wie ich es eben auch tief drinnen bin.

Also los.

„Ich brauche Zwiebel, Knoblauch, verschiedenes Gemüse, Speck, zwei Eier, Pomodoro oder frische Paradeiser ..." – „Tomate" sagte damals, wenn man einmal vom zu diesem Zeitpunkt Jungpantomimen und Noch-nicht-wirklich-Kabarettisten Andreas Vitasek absieht, der dies viele Jahre später öffentlich machte (und selbst da bin ich mir nicht sicher, dass dies auch schon für damals Gültigkeit hat oder ob dies nicht nur seinem austrophoben Kabarettprogramm geschuldet war), zumindest in der Gegend rund um die steirische Hauptstadt, kein Mensch, außer eventuell ein Vertreter jener exotischen Gattung Mensch, die da – ohne jemals verstehen zu können, warum – als Piefke an den Rand der Gesellschaft gedrängt dahinvegetieren musste – böse Zungen behaupten, da war der balkanesische Kollega vom inzwischen legendären Plakat des Steirischen Herbst(es), „I haaß Kollaritsch, du haaßt

Kollaritsch – warum sogn's zu dir Tschusch?", noch deutlich besser integriert als die Kollegenschaft von der Waterkant – „... etwas Reis und Erdäpfel (was für die Tomate gilt, gilt auch für „Kartoffel") nein, ohne Knoblauch geht gar nichts ... also, was ist jetzt mit dem Knoblauch?"

Hurra, eine Chance, eine Hilfe der Götter.

Da war mein verzweifelt gesuchter Ausweg aus der sich anbahnenden Katastrophe.

Kein Knofel – kein Kochen.

Aber Maria trieb dann doch noch, weiß der Kuckuck woher, einige Zehen auf.

Also wurde gekocht.

Und überraschenderweise, am meisten zu meiner eigenen Überraschung, wurde die „original friulanische Minestrone" nicht nur nicht grauenvoll, sondern sogar recht gut.

Zugegeben, der Wein, den wir dazu tranken, war besser, viel besser, vielleicht war auch er der Grund dafür, dass uns die Spezialität des Hauses mundete, auf alle Fälle waren alle sehr zufrieden.

Es war Hesses Geburtstag.

Es hätte wohl auch jeder andere Tag sein können, es hätte keine Rolle gespielt, aber es war nun mal kein anderer.

Nicht, dass irgendjemand daran gedacht hätte, bewusst oder unbewusst oder überhaupt, oder dass gar jemand gesagt hätte

> „Wisst ihr eigentlich, der alte Hermann – ihr wisst schon, der mit dem Buch, nach dem sich die Band benannt hat, die die Musik zu „Easy Rider" ... genau, „Born to be Wild" ... der hat heute Geburtstag, den neunundneunzigsten noch dazu, da wäre es doch eigentlich angebracht ..."

Nein, dieses Zusammenfallen, dieser Zufall wurde mir erst viel später bewusst und eigentlich war und ist es ja auch vollkommen nebensächlich, ob wann, wer ... denn schließlich haben Millionen von Menschen jeden Tag Geburtstag und keiner – außer den Betreffenden selbst und vielleicht noch deren Freunde und Verwandte – denkt daran und keinen berührt es sonderlich. (Möglicherweise auch Arbeitskollegen, wenn sich denn an diesem Arbeitsplatz die Sitte erhalten hat, dass das Geburtstagskind die Kollegenschaft und -schaftin, ordentlich gegendert muss schon werden, damit der weiblichen Belegschaft und deren Geschlechtsvertreterinnen nicht auffällt, dass es wichtigere Dinge gäbe über die man sich Gedanken machen könnte, wie gleichen Lohn für gleiche ... – mit einer Jause, einem, selbstverständlich alkoholfreiem Kindersektumtrunk erfreut) –, Dennoch.

Zu einer Zeit, in der Hesse – eigentlich seine Bücher – wichtig für mich war, man sich, wenn man etwas auf sich hielt, selbst als Mischung aus Harry Haller, dem Steppenwolf, und Goldmund – je nach Stimmung einmal mehr in die eine, dann wieder die andere Richtung schwankend (jedoch ohne die Alternative, die Ersterer ernsthaft überlegt, auch nur ansatzweise anzudenken, jene, es Adalbert Stifter gleichzutun und beim Rasieren zu verunglücken – ob aus Feigheit, dem Gefühl, dass da noch etwas kommen könnte, auf das zu warten es sich lohnt, oder der Tatsache geschuldet, dass diese Variante mit einem elektrischen Rasierapparat schwer bis gar nicht durchführbar ist, man sich schon, wie einige Jahre später ein selbsternannter Verteidiger der bajuwarischen Rasse auch ohne Hände vorführte, am Kabel aufhängen müsste bis dass ..., sei jetzt dahingestellt, aber auch ohne den finalen Weg in die klösterliche Abgeschiedenheit zu erwägen) – betrachtete, bekamen auch solche Zufälligkeiten nachträglich ihre Bedeutung zugeschrieben. Auch wenn ich immer öfter meinte, an mir Ähnlichkeiten, eine geistige Verwandtschaft mit, Züge, Eigenschaften von Stephen Daedalus festzustellen – der Dubliner, der seine Landsleute als versiffte, rotzig-glockige Bagage heruntermachte und von diesen doch verehrt und gefeiert wird (posthum, selbstverständlich – irgendwie sind sie da den Österreichern ähnlich, die Iren), kam gerade in Mode, zumindest bei mir.

Auch an diesem Abend hatte es mich, wie immer öfter in den letzten Wochen, beinahe selbstverständlich in die Ungergasse getrieben, wo wir nun hockten, jene drei Opfer, Studienkolleginnen, die mich mehr oder weniger freudestrahlend zu ertragen hatten und dies auch, im Nachhinein betrachtet, offensichtlich nicht ungern taten, denn ansonsten hätten sie mich ohne weitere Probleme hinauskomplimentieren können, und ich.

Was haben wir da philosophiert und diskutiert.

Über Gott und die Welt, die Niedrigkeit und Widrigkeiten des Alltags, Kunst im Allgemeinen und im Speziellen – sei es, weil etwas besonders gut war oder besonders schlecht, unserer Meinung nach, die selbstverständlich von besonderem Sachverstand getragen war …

> „Also ich weiß nicht, diese ganze Herumpatzerei mit Gips und Ton – also meine Sache ist das bei Gott nicht … gebt mir einen Bleistift oder eine Feder, von mir aus auch Farben und Pinsel und ich kann damit etwas anfangen, aber dieses Herumpatzen, dauernd den Dreck an den Händen …"

Ich sah förmlich, wie es gegenüber arbeitete.

Weniger bei Maria und Gerda, aber Erna konnte nicht anders, sie musste widersprechen.

Sie finde es großartig, wenn unter ihren Händen etwas entstehe, wenn etwas Form annehme, das zuerst nur als vager Gedanke, als Vorstellung in ihr gewesen sei und nun begreifbar sei, begreifbar im wahrsten Sinn des Wortes.

Zugegeben, die Gipsmasken, die wir im Seminar angefertigt hatten, anfertigen hätten sollen – ich hatte es irgendwie, vermutlich durch ständiges Wechseln meiner Position und Hilfestellung jeglicher Art bei den lieben Kollegen und (vor allem) -innen, doch tatsächlich geschafft, mich davor zu drücken, gipsgetränkte Verbandsstreifen auf das vaselinebeschmierte Gesicht gepatzt zu bekommen, bis nur noch zwei vorher in die Nase gesteckte Strohhalme aus der Masse ragen –, seien Spielerei, Fingerübung und nichts Besonderes, aber dennoch …

> „So weit kommt's noch, dass ich mir meine eigene Totenmaske anfertige!"

Ohne es zu wissen, noch viel weniger, ohne es bewusst zu wollen, hatte ich damit ein Signal auf Grün gestellt, eine Weiche umgelegt, die Richtung vorgegeben, die uns den ganzen Abend über beschäftigen sollte, die uns …

Aber der Reihe nach.

Totenmaske, Tod schlechthin, was soll das in diesem Alter, gut, eine gewisse Morbidität wird Österreichern ja grundsätzlich nachgesagt, wenngleich eher die Wiener als – welch garstig Wort – todaffin gelten, wo sonst wohl wäre eine Liedersammlung mit dem Titel „Es lebe der Zentralfriedhof" zum Kult geworden, wenn nicht dort, und eigentlich ist das ja auch nichts Schlechtes, rechtzeitig zu deponieren, dass man gerne noch einmal die Sunn' aufgeh'n sehen will, aber dennoch … das Leben hatte, genau betrachtet, noch nicht einmal richtig begonnen und schon diskutierten wir das Ende.

Nicht etwa von einer unweigerlich auf uns zurasenden globalen Katastrophe war die Rede, nicht von Endzeit, post war, nuklearem Erst- und Zweitschlag, dem Tag danach oder der Wiederkehr von Nemesis – von Klimakatastrophe und Treibhauseffekt war damals ohnehin noch nicht die Rede, ja, nicht einmal die Begriffe waren noch geschaffen, die schwedische „Santa Greta per futura mundi" noch nicht einmal ein sündiger Gedanke ihrer zukünftigen Eltern, wir lebten in der festen Überzeugung, dass die Grenzen des Wachstums irgendwo lägen und den Club of Rome hielt damals vermutlich so ziemlich jeder für eine mafiöse Vereinigung, einen Fußballverein oder bestenfalls für irgendeine italienische Nobeldisco.

Nein, Thema war das sehr persönliche und individuelle Ende, das manchmal unmittelbar hinter der nächsten Ecke zu warten schien oder wie ein Buch aus dem Regal hervorgeholt werden konnte – warum nicht jetzt, gerade jetzt, wo alles schön und in Ordnung scheint, wer weiß, was man sich alles ersparen möcht, jetzt, wo alles besprochen ist, wo alles gedacht ist, wo jedes weitere Wort, jeder weitere Gedanke nur mehr Plagiat, sein eigenes Echo sein könnte – manchmal war ich uralt, als ich so jung war.

Und trotzdem, so seltsam das auch klingt, schienen alle nur auf dieses Stichwort gewartet zu haben.

Tod, was ist danach?
Über eines waren wir uns einig.
Das Ende ist er nicht – aber was dann?

Etwa, entsprechend der christlichen Lehre – je nachdem, wie brav man in diesem Leben war, wie sehr man die Regeln der alleinseligmachenden Mutter Kirche befolgt, zumindest aber etwaige Verfehlungen rechtzeitig gebeichtet und anschließend um Absolution angesucht und diese auch erhalten oder eben die erlösenden Worte „Ego te absolvo" nicht vernommen hat – der Übergang zu entweder Himmel, Hölle oder Fegefeuer?

(Von der Möglichkeit einmal abgesehen, die da dereinsten schon Martin Luther auf die – von ihm in Rom durchaus erblickte und also bekannte – Palme getrieben und ihn schlussendlich voller Ingrimm und Sendungsbewusstsein zu Papier, Feder, Hammer und Nagel und damit in letzter Konsequenz auch nach Hand und wohl manch anderem Körperteil der ehemaligen Nonne Katharina von Bora greifen ließ, sich Ablass, die Vergebung der Sünden zu erkaufen, durch Spenden, durch das eifrige und willfährige Bezahlen von Messen zum Gedenken an und für das Seelenheil aller Verwandten und Bekannten, denen man etwas Gutes tun möchte, durch sich lustvoll kasteien, sich, den stacheligen Büßergürtel umgeschnallt ins kratzende Gewand gehüllt, auf den Weg nach Santiago zu machen und dies nicht als „Once in a lifetime"-Erfahrung zur Selbstfindung auffassen. Wir wissen ja inzwischen, dass es so nicht funktioniert.)

Abgelehnt!

Das Ende des einen und der Beginn eines neuen Lebenszyklus, der Drachen, der sich selber vom Schwanze her auffrisst, die Katze, die sich in eben diesen beißt oder ihm zumindest in ewigen Kreisen nachjagt, like a circle in a circle, like the wheel within a wheel, windmills of your mind oder Shivas Traum, wie es die alten Inder glauben – Reinkarnation, gibt es das wirklich, sind diese „Déjà-vu"-Erlebnisse wirklich nichts als seltene Erinnerungen an etwas, das man wirklich schon einmal gesehen, erlebt hat, in einem anderen, früheren Leben, entscheiden unsere Taten jetzt und hier darüber, wie und als wer oder was wir dereinsten wiedergeboren werden, so, wie unser jetziges Leben das Ergebnis dessen ist, was wir in einem vorigen getan oder nicht getan, gedacht oder nicht gedacht ... haben (fickt Karma wirklich jeden, besteht tat-

sächlich die vage Möglichkeit, als Ameise oder gar Mittel-
streifen einer Autobahn wiedergeboren zu werden?) – oder
ist das, was wir Leben nennen, nur der Traum einer Nacht
im wirklichen Leben ...

> „... und der Mensch, das seh ich nun,
> träumt sein ganzes Sein und Tun
> bis zuletzt die Träum' entschweben,
> denn ein Traum ist alles Leben ...“

... kommen da reale Erinnerungen durch, seltsam verschwommen, verzerrt, Traumbilder eben – was ist das Leben, was ist
der Tod, gibt es eine Welt außerhalb der unsrigen, innerhalb
der unsrigen, neben ihr – Physik oder Metaphysik, Psycholo-
gie oder Parapsychologie ... oder gar Okkultismus?

Wird es das Universum „schon richten“ und wer oder was,
vor allem aber, wie und warum und seit wann ist das Universum und was ist unsere Rolle darin, gibt es nur eines – ut
unum sint – wie uns das „uni“ glauben machen möchte oder
deren mehrere und wenn ja, wie viele ...?

> „Ich glaube ganz sicher, dass es da Dinge gibt, von
> denen unsre Schulweisheit nichts weiß, nichts
> wissen will.“

Maria, die bisher fast nichts gesagt, die Maske in der Hand,
ihr eigenes Gipsgesicht angestarrt hatte, hängte sie wieder
an die Wand, nahm einen Schluck und wandte sich uns zu.

> „... und ich glaube auch, dass es Menschen gibt,
> die gewisse Talente auf diesem Gebiet besitzen
> und die dadurch andere Menschen beeinflussen,
> lenken können und es auch tun. Vielleicht geht
> das mit einer Art von Hypnose, aber ich erinnere
> mich nicht, dass er mich angestarrt hätte oder

irgendeinen Gegenstand vor meinen Augen hat
hin und her tanzen lassen und dazu irgendwelche seltsamen Beschwörungen geflüstert hätte,
aber dennoch – ich bin mir sicher, dass er mich
in irgendeiner Form gelenkt hat."

Das war natürlich ein gefundenes Fressen.
Wer, wann, was, wo …

Zwei Jahre zuvor war es geschehen, in Tübingen, wo sie in
den Ferien gearbeitet hatte.

Irgendeine alte Frau, die sie zuvor noch nie gesehen hatte,
hatte ihr, aus welchem Grund, konnte sie nicht sagen, eine
Kette geschenkt, mit einem seltsamen Anhänger, einem magischen Zeichen, einem Fünfeck oder einem Stern, Davidstern
oder so ähnlich, auf alle Fälle war da dieser Mann, Maler, der
ihr diese Kette wegnahm, ihr sagte, das sei nichts für sie, sie
sei nicht eingeweiht und wüsste ohnehin nicht, was es damit
auf sich habe, und obwohl sie es eigentlich nicht wollte, obwohl sie gerade durch diese Worte neugierig geworden war
und wissen wollte – und außerdem, ein Geschenk, auch wenn
sie nicht wusste wieso … die Frau mochte sich schon etwas
dabei gedacht haben –, hatte sie ihm sofort und ohne lange
zu überlegen die Kette und sich selbst gegeben.

Ich weiß nicht, wer dann die Idee hatte, wer den Vorschlag
machte oder ob es sich einfach so ergab, auf alle Fälle wollten wir die Probe aufs Exempel machen – Tischerlrücken.

> *… Hände auf dem Tisch, Konzentration, Versenkung*
> *und plötzlich war es da, jenes gelbe Auto voller Tod,*
> *wird von jetzt an immer Begleiter bleiben, halb ver-*
> *gessen, verdrängt und doch …*

Und irgendetwas lief dann schief.

Abgesehen davon, dass sich dieser blöde Tisch nicht bewegte, geschweige denn klopfte, ich hatte bis zu diesem Zeitpunkt erst einmal erlebt, dass sich zu einem derartigen Anlass ein Tisch bewegte, und das nur, weil ich kräftig nachgeholfen hatte, nein, dieses Mal geschah etwas anderes.

Auf die irgendwann unvermeidliche Frage nach dem Tod, dem ersten Tod, der einen aus unserer Runde betreffen würde, lief eine Art innerer Film ab, von einem Unfall mit eben jenem ominösen gelben Auto – ich könnte heute noch die Gegend, die Jahreszeit und die genauen Umstände beschreiben: ein sonniger Herbsttag, eher Früh- denn Spätherbst, die Blätter der Bäume neben der Landstraße haben sich schon verfärbt, sitzen aber noch an den Zweigen, es muss wohl um die Mittagszeit sein, die Straße leicht ansteigend neben einem Wäldchen, zu linker Hand in Fahrtrichtung sind Eisenbahngeleise, dann kommt eine Rechtskurve, eine Brücke, die Straße verengt sich auf eine Fahrspur und plötzlich ist da der LKW ... nur eben als es spannend wurde, sprich, bevor – zumindest für mich, ich bin mir inzwischen nicht mehr sicher, dass dies wirklich für uns alle galt – erkennbar wurde, wer denn nun in jenem Auto sitzen würde, wurde der „Kontakt" unterbrochen oder, auch ganz einfach, die Halluzination löste sich in nichts auf.

Dennoch – es war seltsam still geworden, die heitere Ausgelassenheit, jede souveräne Gesprächsführung, jeder Anflug von Nonchalance waren verschwunden.

> ... Bist du eigentlich glücklich geworden?
> Glücklich, nicht zufrieden. Zufrieden ist man bald
> einmal, wenn man sich abgefunden hat, wenn man
> es sich eingerichtet hat. Zufrieden ist man schon,
> wenn man nicht unglücklich ist.
> Allein, Glück ...

Ich weiß, ich habe kein Recht zu fragen, unsere Wege trennten sich, ehe sie sich trafen, es war eher ein leises Ahnen von Möglichkeiten, ein vages Gefühl, ehe wir aneinander vorbeitrieben ...

Maria – ich weiß heute eigentlich nicht mehr, warum ich mir eingebildet hatte, mich ausgerechnet in sie verlieben zu müssen.

Genau betrachtet war sie absolut nicht mein Typ, zumindest hatte ich mir das bis zu jenem Zeitpunkt eingeredet, ich meinte eher vom keltischen Typ – klein, rothaarig und grünäugig – angezogen zu werden (wobei mir ausgezogen statt angezogen durchaus gefallen hätte, allerdings war da eher der Wunsch Vater des Gedankens und die Realität ... tja) und sie war weit eher Gypsy Eyes denn Queen of the Lowlands – groß, ich glaube, sogar etwas größer als ich selber, was andrerseits ja auch wieder keine besondere Kunst darstellt, dunkel, mit fast schwarzen Haaren und Augen, ich hätte sie mir ohne Schwierigkeiten vorstellen können, wie sie geheimnisvoll vor sich hinmurmelnd die Zukunft aus der Hand, dem Kaffeesud oder der Glaskugel liest – und dennoch trieb mich etwas in mir zu ihr, war mir, als ob ich sie seit Jahrhunderten kannte, Teile von mir wiederentdeckte, von denen ich nie zuvor etwas gewusst hatte.

Die sensibel war, verletzlich, offen und gleichzeitig unnahbar, verletzend sein konnte, wenn sie wollte, aber auch, ohne es selbst zu bemerken, sarkastisch, zynische Mimose, irgendwie immer auf der Suche nach Bestätigung, Angenommenwerden, nach Liebe, gleichzeitig aber immer die Angst vor Enttäuschung als Hemmschuh mit sich herumschleppend, ein Spiegel meiner selbst – oder bildete ich mir das alles nur ein?

Auf alle Fälle war es ein sogenanntes Fünfzig-Prozent-Verhältnis.

Ich hätte schon mögen, aber für sie war ich nicht mehr als Vertrauter, Bruder, Schwester ... Spiegelbild, Aussprechpartner ... alles, außer eben ... wer weiß, vielleicht war das alles sogar mehr als das eine, dennoch ...

... wie Kontinentalschollen sind wir auseinandergedriftet, unmerklich und unaufhaltsam und plötzlich war da ein Ozean dazwischen ...

Ich habe sie nach dem Studium nicht mehr gesehen.

Das heißt, eigentlich nach jenem Abend in Tübingen, wo sie noch ein letztes Mal – mehr als Freundschaftsdienst denn aus Notwendigkeit – kellnerte und ich „ganz zufällig" auf meiner Interrailtour Station machen musste.

(Tübingen liegt ja bekanntlich am direkten Weg von der Bergstadt, die ich damals – und auch heute noch – mein Zuhause nannte, in die Stadt an der Themse, jenseits des Ärmelkanals, dem nicht mehr ganz so swinging home of the Queen, die – noch von keinem Mexit oder Brexit überschattet, ja, noch nicht einmal von einer Diana Spencer hatten die intimsten Kenner der Royal Family, die hauptberuflichen und begnadetsten „Royal watchers" schon gehört – sich vorbereitete auf das kommende „Silver Jubilee" der Queen, in der nicht länger frisch geschnäuzte und gekämmte „Knights of the British Empire", gehüllt in feinen Zwirn aus der Savile Row, den Ton angaben oder wenigstens solche, die ihre Uniformen in der Carneby Street bezogen, sondern Typen mit Nadeln in den Wangen und Dutzenden Ringen in den Ohren, mit knallbunten Hahnenkämmen als Frisur, die mithilfe von maximal drei schrägen Akkorden etwas von London's Burning und Anarchie im U. K. daherrotzten.)

Und dort war es dann auch, dass sie mir – nachdem ich all meinen Mut und sehr viel Alkohol zusammengenommen hatte, nein, die Reihenfolge war umgekehrt, zuerst der Alkohol und dann ... aber egal – auf eine klare Frage eine klare Antwort gab.

Aber auch wenn wir gesagt hätten, wir bleiben in Verbindung und wir sehen uns alle, was weiß ich wann, wieder, auch wenn wir uns es fest vorgenommen hätten, es war – rückblickend betrachtet – vermutlich auch die vernünftigste, auf alle Fälle aber psychisch verträglichste Variante, dem doch tief getroffenen Ego nachzugeben, abzuhaken, aufzustehen, Krönchen und den Blick nach vorne zu richten, weiterzugehen, die Erinnerung für lange Zeit irgendwo zu deponieren, dort, wo niemand über sie stolpern, straucheln würde, bis nur noch eine blasse Narbe, fast nicht mehr wahrnehmbar, auf alle Fälle aber nicht mehr schmerzend, bliebe.

Es war – auch wenn man es möglicherweise und in dem Moment nicht wahrhaben wollte – einfach, na gut, nicht wirklich einfach, aber doch und zwar endgültig und unwiderruflich ein Abschnitt vorbei, eine Tür schloss sich, zugegeben, nicht leise sondern mit einem ordentlichen Knall, und andere, neue öffneten sich.

> *... wem nützt es, was bringt es schon, sich den warmen Mantel der Zufriedenheit von den Schultern zu reißen, sogar der einsame Wolf hat sein Fell, wenn er in kalter Winternacht den Mond, den unerreichbaren, anheult.*
> *Klage nicht, weine nicht, mein kleiner Grashalm, wenn die Winterstürme über die Puszta fegen und der Frost dich erstarren lässt, denn nur manchmal noch, manchmal, wenn der Himmel grau und ohne Tiefe in den Bäumen hängt und der Regen monoton sein Lied auf die Dächer trommelt, kommen Gedanken ...*

> *x, y, z.*

Mais que un Gaudí

Manchmal trügt die Erinnerung oder, anders gesagt, manchmal sind wir sicher, dass etwas so gewesen ist, weil es so gewesen sein muss, weil ich noch alle Details vor Augen habe, ohne allerdings wirklich zu wissen, ob ich mich darauf verlassen kann, dass es so war, wie ...

So auch beim – wie gesagt, zumindest in der Erinnerung – wenigstens für mich emotionalsten Moment der Feier zur Eröffnung der olympischen Spiele 1992, als auf der Videowall jener Mann erschien, der erst wenige Monate zuvor sein Mikrofon endgültig abgelegt hatte, und – im feinen Zwirn, um genau zu sein, im Smoking inklusive Bauchbinde und allem Pipapo, das zu einer derartigen festlichen Bekleidung gehört – nun an der Hand der lokalen Größe und Breite der Opernwelt, der grandiosen Montserrat Caballé, jenes Lied schmetterte, das die Hymne dieser Spiele war ...

Barcelona.

Sehnsuchtsort ungezählter Touristen, die die Ramblas zwischen dem Hafen und der Placa de Catalunya eigentlich zu fast jeder Jahreszeit bevölkern, um nicht zu sagen verstopfen, einmal mehr, einmal weniger, je nachdem, wie viele Kreuzfahrtschiffe gerade ihre menschliche Fracht – für ein paar Stunden nur, aber immerhin: „Wir waren in Barcelona" – noch zusätzlich zu denen, die via Flugzeug, Zug oder mit dem eigenen Auto in die Stadt gekommen sind, ausgespien haben, Stadt am Mittelmeer, Hauptstadt Kataloniens, jener Region im Nordosten Spaniens, die – wenn es nach dem Willen einiger, na ja, vieler Menschen dort geht – eigentlich nicht zu Spanien gehören, sondern, ein historisches Unrecht rückgängig machend, frei und unabhängig sein sollte, Juwel des Jugendstils, von mir aus auch des „Art nouveau" oder wie immer man das auf Spanisch nennt, Mischung aus alter Hafenstadt, gotischem Viertel und moderner Industriestadt (obwohl vermutlich kein Mensch kommt, um die Industrieanlagen der Stadt zu bewundern), Heimat nicht nur der Sagrada Familia (die noch immer nicht fertiggestellt, inzwischen dennoch bereits als Kirche geweiht ist), sondern auch der Kickerkathedrale Camp Nou des Fußballvereins – obwohl es weit mehr Fußballclubs in Barcelona gibt als nur den einen – der Herzen unzähliger Menschen weltweit ...

Und trotz allem für mich bei meinen ersten (ich glaube insgesamt sechs, es mögen auch acht gewesen sein, egal) Besuchen nur Zwischenstation, notwendiger Aufenthalt für Stunden nur, um umzusteigen, weiterzureisen, ohne von der Stadt mehr zu sehen als das, was man durch das Zugfenster, dem Fenster des landenden oder startenden Flugzeuges aus sieht.

Zwischenstation auf dem Weg in ein kleines Städtchen weiter südlich – damals noch nicht als „gay friendly" ausgewiesen (was auch gar nicht möglich gewesen wäre in Zeiten der – zwar zu Ende gehenden aber doch – Franco-Diktatur, in Zeiten da diese sexuelle Ausrichtung als heilbare Verirrung, jedenfalls aber als Sünde galt und als strafbarer Tatbestand, vor allem aber als Strafe Gottes für die Eltern gesehen wurde, etwas, das sich in manchen Weltgegenden inzwischen in der veröffentlichten Meinung geändert hat, in der privaten vielleicht etwas weniger, in anderen aber noch ebenso gültig ist wie die Meinung, dass jeder, der den Propheten karikiert, zumindest den Tod durch Abschneiden des Kopfes verdient hat – vielleicht sucht der Abschneider dort, im Kopf nämlich, etwas, das ihm offensichtlich fehlt) und ergodessen auch nicht als solches wahrgenommen – zumindest wäre mir in meiner jugendlichen Naivität nichts aufgefallen –, von dem Freunde berichteten, die von ihren Interrail-Trips zurückgekehrt waren.

Ein Städtchen, das man besucht haben sollte, mit engen, verwinkelten Altstadtgässchen, die alle in irgendeiner Form dem Meer zustreben und den kleinen, aber feinen Bodegas und Bars (auch wenn es dort – als ich zum ersten Mal Sitges mit eigenen Augen sah – schon etwas gab, das ich vorher noch nie gesehen, geschweige denn erlebt hatte, das aber in den folgenden Jahren vor allem – angeblich – bei teutonischen Touristen immer beliebter werden würde: „All you can eat").

Dankbar für den Tipp und neugierig, was denn da zu erwarten sei, waren wir – mein Begleiter jenes Sommers eben nicht nur durch schottische Highlands und Pubs und ich – mehr oder weniger direkt von den Borderlands um Gretna Green via London (inklusive Fußmarsch von Euston Station nach Victoria – eine ordentliche Sightseeing Tour, das sei festgehalten –, weil wegen „bank holidays" keine U-Bahn verkehrte), Hovercraft Ferry nach Calais, Paris …

… die Stadt der Liebe, von der ich damals auch nicht wirklich etwas gesehen habe – nicht einmal den Eiffelturm, von all den anderen Sehenswürdigkeiten ganz zu schweigen –, etwas, das ich inzwischen glücklicherweise nachholen konnte …

Aber das ist eine andere Geschichte, eine, in der neben einem mehrgängigen Menü „Chez Nicolas" um mehrere hundert Franc (und dem Kommentar der Chefin des Hotels, in dem wir – jung, verliebt, aber nicht unbedingt mit Reichtümern überhäuft – abgestiegen waren, weil günstig und die auf die Frage, wo man denn gut esse, eben dieses Lokal empfohlen hatte: „Mais tu as mangé bien, n'est pas?" sowie dem mit einem charmanten Lächeln oder vergnügten Grinsen – wer mag da jetzt Böses unterstellen – vorgebrachten Hinweis, dass auf der Rechnung wohl auch „Merci" stünde) auch noch ein ansonsten vollkommen unbekannter, aber akustisch eindeutig als solcher identifizierbarer Bayer vorkäme, der da direkt aus der Metrostation am Place de Trocadéro kommend, sich umblickte und lauthals brüllte: „Und wo is jetzt der Scheißturm?"

... dort verkehrte die Metro zum Glück und wir konnten die Passage vom Gare du Nord nach dem für den Verkehr nach Süden zuständigen Gare – und jetzt, vermutlich nur um ortsunkundige kleine Steirer zu verwirren, eben nicht „du Sud", sondern vielmehr „d'Austerlitz" –bequem zurücklegen, fanden ein Abteil im Zug Richtung Narbonne und weiter gen Iberien, das wir bis fünf Minuten vor Abfahrt für uns alleine hatten.

Dann allerdings drängten sich mindestens (gefühlt) hundert spanischsprechende Herrn ins Abteil und begannen sofort, noch vor Abfahrt des Zuges, genussvoll Knoblauchwürste und andere geruchsintensive Spezialitäten zu verspeisen, begleitet von entsprechendem Vino Tinto und lautstarker Konversation – ich zog es dann irgendwann vor, meinen Schlafsack draußen am Gang auszurollen, was wiederum dem Schaffner nicht wirklich plaisierte ...

... und eben Barcelona innerhalb von nicht ganz vierundzwanzig Stunden vom fast schon arktischen Herbst in den mediterranen Sommer gereist.

Und wir fanden, wovon uns die Freunde erzählt hatten – einen kleinen, feinen Strand, auf der linken Seite der Kirche, die auf einer Landzunge (zugegeben einer sehr kleinen, aber doch) ins Meer ragt, Bars, Bodegas, Sangria ...

... und – ich weiß nicht, ob wir sie fanden, sie uns und wir uns einfach über den Weg liefen – Lou-Anne und Mary aus Spokane, Washington.

Mit den beiden verbrachten wir einen netten Abend in einer der Bodegas und als der Abend dann später wurde, wechselten wir in den Keller des Lokals, den „Nightclub".

Dort war (inzwischen weiß ich, dass es an der noch lange nicht weit genug vorgerückten Stunde gelegen haben muss – der Durchschnittsspanier mochte sich gerade auf das Abendessen vorbereiten) außer uns vieren nur die Band, vier Musiker, die vor sich hin langweilten und die gerne bereit waren, um diese – die Langeweile – zu vertreiben, die Mädels und mich (der Vierte im Bunde hatte verweigert beziehungsweise sich wegen erwiesener Unmusikalität, böse Zungen behaupten, auch oder vor allem des Topfes voll Sangria wegen schnell wieder in die Ecke, zu eben diesem, zurückgezogen) beim gesanglichen Geblödel – mit Songs von Kris Kristofferson bis Bob Dylan, mit allem, was man halt so im Generationenrepertoire findet, dies- und jenseits des großen Teiches – zu begleiten beziehungsweise Mary auch eine Gitarre zur Verfügung zu stellen.

Wir hatten unseren Spaß und bemerkten – trunken vom eigenen Gesang und noch viel mehr von der Sangria – erst irgendwann, dass sich der Raum füllte.

Daraufhin wollten wir uns mit noch mehr Sangria in unser stilles Eck zurückziehen um dort ... allein, daraus wurde nichts, denn der Patrón kam und meinte, er habe Boxen auf die Gasse gestellt und das, was unten passierte, in eben diese übertragen, woraufhin all die Leute ...

Es war dann eine „night to remember" – zumindest für die, die sich erinnern konnten, zu denen ich nur sehr, sehr bedingt gehörte.

Genug allerdings, um die Geschichte dann zu erzählen (überraschenderweise – nur einen Tag nach meiner Rückkehr, vollkommen unerwartet – unterstützt von Lou-Ann und Mary, die auf ihrem weiteren Europatrip kurzerhand die Route geändert hatten und auch in meiner Heimatstadt Station machten und denen wir bei dieser Gelegenheit zumindest einen Bruchteil steirischer Gastfreundschaft – natürlich übernachteten sie kostenlos bei einer aus unserer Clique, nicht bei mir, der ich noch bei den Eltern wohnte, da wäre kein Platz gewesen – und Gemütlichkeit à la „progressiver" Jugend der Siebziger zeigten).

Meistens wurde sie – wie manch anderes – von denen, die sie hören durften, in den Bereich „jo eh, das ist wieder so ein Elefant, der eigentlich nur eine Mücke ist" geschoben, sprich in jenen Bereich, wo man Geschichten, die Fischer, Jäger und Konsorten zum Besten geben, Erzählungen, von denen man weiß oder zumindest fast sicher annehmen kann, dass sie nicht einmal ein leiser Hauch von Realität umweht, eben hinschiebt.

So auch von meiner – zu diesem Zeitpunkt noch nicht, viele Jahre danach schon – Angetrauten, der ich selbstverständlich davon erzählte und die mir kein Wort davon glaubte, bis wir – es war auf unserer vorgezogenen Hochzeitsreise, die uns nach Paris, in den Médoc und dann eben auch nach Katalonien führte – durch die Gassen von Sitges schlenderten.

Wir betraten die Bar, die ich – es war nicht ganz einfach, den Weg, die Gasse aus dem Dunkel der Erinnerung hervorzuzaubern, aber es gelang nach einigem Wandern durch die Altstadt – zu meinem Erstaunen wiederfand und der Mensch hinter der Bar bekam große Augen, verschwand durch eine Tür und kam wenige Augenblicke später mit dem Jefe wieder, der mich vor Begeisterung fast erdrückte.

Vom Rest des Abend sei nur noch erwähnt, dass selbstverständlich alle Getränke aufs Haus gingen, die Sangria mit den Worten „Carusello" mit allem, was irgendwie hineinpassen könnte – die Bar von links oben nach rechts unten und wer Bars in spanischen Bodegas kennt, der weiß, dass diese reich bestückt sind – angereichert ward und dass es sich später dann als wenn schon nicht lebensrettend, so doch als enormer Vorteil erwies, dass sich damals schon – zumindest in unserem Hotel – ein Bidet neben der Klomuschel befand.

So konnte dem dringenden Drang und Bedürfnis, sowohl oben als auch unten und das gleichzeitig, nachgegeben werden – nicht von mir selbstverständlich.

Dann kam die Zeit, da ich den Flughafen von Barcelona nicht wirklich verließ, das heißt einmal doch – es war, als es bereits ein Rauchverbot in öffentlichen Räumen und damit auch im Bereich des Flughafens gab, die Dame, mit der ich (beruflich bedingt und zum Wohl und auch auf Kosten der Europäischen Union und ihres Bildungsprogramms) unterwegs war, aber unbedingt, dringend und das sofort rauchen musste und dafür nicht – wie vom netten Menschen am Infoschalter angeraten – aufs Klo wollte (sie meinte, das habe sie als Schülerin am heimatlichen Gymnasium gemacht und seither nicht mehr und dabei solle es auch bleiben).

Da verließen wir das Gebäude für eine Zigarette und einen Kaffee aus dem Pappbecher.

Dafür durften wir dann den ganzen Security Check noch einmal über uns ergehen lassen.

Dass Madame dabei ihre Schuhe ausziehen musste und ich nicht, war eine kleine Genugtuung – ich gebe es zu.

Andrerseits – die Gute war für solche und ähnliche Aktionen bekannt, egal ob in London Heathrow, wo sie mittels im ganzen Terminal hörbarer Lautsprecherdurchsage darauf aufmerksam gemacht wurde: „Smoking is prohibited in this area", und sie, die brennende Zigarette in der Hand, meinte, sie müsse die Titelfigur einer alten niederländischen Geschichte darstellen – Kannitverstan –, obwohl alle rund um sie bereits hektisch auf den Glimmstängel deuteten oder in Dublin, wo sie auf dem direkten Weg nach draußen in ihrer Gier gleich vom Gepäckband via alarmgesicherter Türe zum – durch die Glasscheibe ebendieser deutlich sichtbaren – Aschenbecher eilte, oder – gut, zugegeben, man kann es auch übertreiben – mittels unfreundlichem „Smoking area over there" um zwei Meter nach rechts dirigiert in einem, am Boden mit gelber Farbe gekennzeichneten Feld zu stehen hatte, von wo aus sie beobachten konnte, wie sich kein Mensch um diese Area scherte.

Doch ich schweife ab.
Also zurück nach Barcelona.

Zurück zu den Tagen, da der Entschluss, diese Metropole, diese Stadt mit all ihren Dingen, die da zu sehen, hören, spüren, riechen, schmecken … sind, auch tatsächlich zu sehen, hören, spüren …, dann doch noch in die Tat umgesetzt wurde, wenngleich, wie sich dann schnell herausstellte, die paar Tage viel zu kurz waren, um an mehr als der Oberfläche (und das bei weitem nicht überall) ein wenig zu kratzen.

Schon die Fahrt vom Flughafen zum Hotel führte am Camp Nou vorbei, die Metrostation – ein paar wenige Schritte vom Hotel entfernt – war diejenige, die an Matchtagen die tausenden Afficionados wieder an die Oberfläche entlässt, und die Ansage „Proxima estacion – Diagonal" wurde zum vertrauten Klang der nächsten Tage.

Die beste Variante, eine Stadt kennenzulernen, wenigstens als Tourist, der die Hot Spots besuchen will, eine Liste abzuarbeiten hat (und ich schwöre, diese Liste war umfangreich und Madame war davon weder von den Temperaturen abzuhalten noch von der Tatsache, dass ihr Menschenansammlungen ansonsten eher suspekt bis verhasst sind), ist der Hopon-hop-off-Bus, ein Bus, der auf einer vorgegebenen Route all die Sehenswürdigkeiten abklappert, die man halt so gesehen haben sollte, um – wenn dann irgendjemand davon schwärmt, wie schön, wie toll, wie ... – nonchalant einwerfen zu können: „Ja, aber ..." oder „Als ich dort war ..."

Ganz abgesehen davon, dass ansonsten, zumindest in den meisten Städten, die ich kenne, diese verschiedenen Mustsee-Punkte oft nur umständlich und manchmal auch verbunden mit längeren Fußmärschen (die in fremden Städten, auch wenn ich mich selten verirre – geografisch gesehen – eben diese Gefahr auch beinhalten) erreichbar sind.

Vorausgesetzt, man ist mit dem – gar nicht so billigen – Ticket etwas sorgsamer, als ich es in eben Barcelona war, wo ich nach dem Besuch der Casa Milà (auch bekannt als La Pedrera – der Steinhaufen) meinte, meine Hosentaschen von Papiertaschentuch-, Rechnungsbeleg-, und sonstigen Resten befreien zu müssen und bei dieser Gelegenheit – und der zweiten Station der „Hopibus Tour" – auch dieses gleich mitentsorgte und dann, als ich diesen Fauxpas bemerkte, es auch nicht mehr fand, als ich den Mistkübel durchwühlte, bis umstehende oder vorbeieilende Passanten knapp davor waren, dem offensichtlich verwirrten, leise oder etwas lauter vor sich hinfluchenden Clochard (Madame hatte sich wohlweislich einige Meter zurückgezogen und versorgte mich – from a distance – mit guten Ratschlägen, die ich in der Situation unbedingt hören wollte) Geld in Form kleiner Münzen zuzuwerfen.

Und alles nur, weil dieses Ticket auf einem Papier gedruckt war, das rein haptisch von einer alten Hofer- oder Lidlrechnung nicht zu unterscheiden ist (da lobe ich mir Dublin, wo das Ticket wenigstens ein solides Stück Karton ist, das man sicher nicht mit alten Taschentüchern entsorgen würde).

Doch solange der Mensch noch sein Metroticket in seiner Brieftasche hat ...

Wenn er denn seine Brieftasche hat.

Und nicht weil, wie Madame meinte, sich eine dunkler pigmentierte Dame in der Metrostation so an einen schmiegt (ich hab nichts bemerkt, aber das soll wohl auch so sein), dass sie eifersüchtig werden möchte und gleichzeitig das Objekt der Begierde, eben diese, wie einem inneren oder äußeren Zwang folgend, den Besitzer wechselt – den Verlust oder Diebstahl derselben, inklusive allem, was man halt so in dieser mit sich herumträgt (Karten jeglicher Art, nur keine Landkarte, Führerschein, Bargeld ...) anzeigen muss, sich erklären lassen muss, dass es leichtsinnig sei ... (als ob man das nicht selber, jetzt, wo alles gefladert ist, nicht selber wisse), den halben Tag damit verscheißt, auf der Polizeistation selber dann noch von einem Getränkeautomaten beklaut zu werden, der zwar das Geld nimmt, aber keine Flasche ausspuckt, alle Kredit- und Bankomatkarten sperren (und gegen teures Geld neu ausstellen) zu lassen, nur um dann – endlich ins Hotel zurückgekehrt – mitgeteilt zu bekommen, dass man sich wieder in der Polizeistation einfinden möge, denn die Brieftasche sei – zwar ohne Bargeld und ohne Metroticket, aber ansonsten heil und mit sämtlichen Karten und Scheinen – dort abzuholen.

Schön – immerhin die Neuausstellung von e-card und Führerschein blieb so erspart.

Und der Hafen war deshalb – nachdem sich die Stimmung auch auf Grund eines vorzüglichen Essens unter freiem Abendhimmel und weil es sowieso nicht mehr zu ändern gewesen wäre, wieder gebessert hatte – mindestens so interessant und die Rundfahrt spannend, wie sie auch sonst gewesen wären und Montjuic mit Botanischem Garten, Kastell und vor allem der Fahrt mit dem Sessellift sind es ohnehin immer wieder wert, viel Zeit dort zu verbringen, mit Blick auf den Hafen oder auf die Sportstätten der olympischen Spiele oder auf der Suche nach jener Kurve, in der seinerzeit sowohl bei Graham Hill als auch Jochen Rindt der filigrane Flügel des Lotus brach, worauf sich beide – zum Glück ohne schwere Verletzungen zu erleiden – in die Leitplanken verabschiedeten, wenn man sich nicht davon abschrecken lässt, dass (wenn man die Mitbesucher betrachtet) man zwischendurch den Eindruck gewinnen könnte, die Herrn der iberischen Halbinsel vor der Reconquista – die arabischen, zumindest aber muslimischen Horden – seien zurückgekehrt, um die Halbinsel wieder unter das Schwert des Islam zu zwingen (was – selbstverständlich – sowohl historisch falsch ist, da der Islam ja bekanntermaßen eine friedliche Religion ist, was nur manche Anhänger nicht richtig verstehen und deshalb in Ermangelung des Schwertes des Propheten notgedrungen manchmal zum Küchenmesser greifen, um seine Ehre wiederherzustellen, als auch faktisch, handelt es sich doch – wenn es keine Touristen sind, ja, auch das gibt es – um Menschen, die verzweifelt und vergeblich die gebratenen Tauben suchen, die einem – so hat man ihnen versichert – in Europa in den Mund fliegen würden).

Und das Museu Maritim oder Museo Maritimo, je nachdem welche Sprache man präferiert, Catalan oder Spanisch, ist sowieso ein Ort, von dem sich meine Frau Gemahlin nur sehr schwer und nach sehr langer Zeit losreißen kann – es soll Leute geben, die würden behaupten, trotz Sagrada Familia (nur von außen, denn die Besucherströme vor den Einlasstoren und die Menschentrauben an den Kassen schrecken doch ab – selber schuld, wer sein Ticket nicht vorher im Internet löst, was sogar in Zeiten vor Reisewarnungen und coronalen Spitalsdesastern Sinn gemacht hätte) und trotz Park Guell, dessen Besuch sich auch dann lohnt, wenn man den auf allen Bildern zu sehenden Teil, die Area Monumental, nur in einem genau definierten Time slot betreten kann (es ist auch sonst noch genug zu sehen, zu erwandern, zu bestaunen und meistens findet man in einer Ecke, in Gaudi-Arkaden oder Säulengängen eine Flamencotruppe oder andere Darbietungen, die die Zeit vertreiben helfen), trotz gotischem Viertel und Tibidabo, sei das zusammen mit dem unmittelbar daneben befindlichen Hafen für sie der absolute Höhepunkt aller Sehenswürdigkeiten der Stadt.

Wie auch immer.

Las Ramblas, Schokolademuseum, Gaudi, Dali, Strand, der Markt, der botanische Garten … – Barcelona ist ein Ort, den man gesehen haben muss, egal ob man seinen Fokus auf Sport, Kultur, Kulinarik oder was auch immer legt, es ist eine Stadt, die vieles bietet – eben mais que Gaudi.

Eiran

Es ist der Tag des Festes, der Tag der ehrwürdigen Gebieterin und Göttin, Gattin und Geliebte des Belenus, der Tag, an dem sie beginnt, die Sonne höher in den Himmel zu heben, damit die Tage heller werden, heller und länger.

Es ist der Tag, an dem gefeiert, gelacht, getrunken und geliebt wird.

Doch diesmal ist auch noch etwas anderes zu erledigen. Langsam und bedächtig bewegt sich die lange Reihe der Menschen auf die Klippen zu, schweigend, begleitet vom Gesang der Druiden, angeführt von den Priesterinnen der ehrwürdigen Gebieterin in ihren langen weißen Gewändern, das Zeichen der Göttin auf der Stirn.

Mitten unter ihnen, du, Eiran, als Einzige das Haupthaar nicht verhüllt, sondern eingefasst mit einem Kranz aus den ersten Blumen des Jahres in den langen Locken, die im Lichte der Sonne zu brennen scheinen.

Ein fuchsfarbener Feuerkreis, zusammengehalten von zarten Blüten, die die Kinder des ganzen Tales gesucht und zu den Priesterinnen gebracht haben, auf dass diese sie zu zwei Kränzen winden.

Nicht für eine Braut wurden sie gewunden und besprochen, auf dass alle Macht und Kraft sich in ihnen vereine – es wäre auch nicht die richtige Zeit jetzt, ja, nicht einmal die Zeit, sich einander zu versprechen, versprochen zu werden vor Zeugen und den Druiden – sie sind für einen anderen Anlass.

Sie wurden gewunden für dich.
Eiran, hohe Priesterin der großen Gebieterin.
Eiran, die auserwählt ward.

Zukünftige Schutzgeistin des Tales und der Insel, zum Wohle der Gemeinschaft und zur Ehre der Gebieterin.

Die Klippe ist erreicht.
Deutlich ist von weit unten das Geräusch zu hören, das die Wellen machen, wenn sie gegen die Felswände schlagen, sich aufbäumen, so als wollten sie über sich hinauswachsen, als wollten sie über diese unüberwindbare Barriere hinauswachsen, ehe sie in sich zusammenfallend Kraft suchen für einen neuen Ansturm.

Wie durch einen unsichtbaren Zaun gestoppt, bleiben alle stehen.

Die Druiden stehen in einem Halbkreis um den Harfespieler und stimmen wieder die Gesänge an, die alten Gesänge, weitergegeben von Generation zu Generation, und dann mischen sich andere Stimmen dazu, höhere Stimmen, Stimmen, die sich über den Gesang der Männer legen wie ein leichtes Tuch über den schweren Körper – die Stimmen der Priesterinnen.
Nur zwei Gestalten gehen weiter, dem Rand, dem Abgrund entgegen.
Es ist meine Aufgabe, dich auf diesen Schritten zu begleiten. Zu begleiten, zu leiten, wie ich es so viele Jahre getan habe, dich eingewiesen habe in all die Geheimnisse, dir geholfen habe, das, was du schon längst wusstest, wieder zu erinnern, die Fähigkeiten, die du immer schon hattest, neu zu wecken, dir dich zu zeigen, dich mit dir selbst vertraut zu machen, altem Wissen neues hinzuzufügen.

Wir stehen jetzt an der Kante.

Ein Schritt vielleicht, vielleicht auch nur ein halber, trennt dich vom Nichts vor uns, der Blick frei, ungehindert wandert er bis zu jener Linie, wo der Himmel das Wasser berührt, wo sie eins werden, ein Schritt, vielleicht auch nur ein halber, trennt dich von den wilden schlagenden Wellen tief unter uns.

Ich stehe hinter dir.

Ich nehme den Blütenkranz und lege ihn um deinen Körper.

Noch einmal bespreche ich die Blüten, dann nehme ich deine Arme, ganz leicht nur und zart, breite sie aus – du weißt selber, was zu tun ist, aber es ist Teil des Rituals, dass ich dich hier und jetzt führe.

Dabei flüstere ich dir die Worte des Mydir ins Ohr, spreche ich die Worte des Gottes:

> *„Vielschöne Frau, du Kleinod von Eiran,*
> *Komm in mein Wunderland, du Wonnereiche,*
> *Wo goldgelockt die Glücklichen wandeln!*
> *Aus sanfter Dämmerung dunkler Wimpern*
> *Strahlen die Augen der Edlen dir Heil.*
> *Freund sind dir alle Elfen des Hügels,*
> *Die weißwangigen, und lächeln dir heiter*
> *Herzlichen Willkommen und umhegen dich liebreich.*
> *Liebe ohne Stachel und Lust ohne Gifthauch*
> *Bietet das Land dir, da sie leidlos wohnen,*
> *Kummer nicht kennen und niemals sterben.*
> *Da blühen viel Blumen auf Wiesen und Auen,*
> *Da rauschen rieselnd die Bächlein zu Tal,*
> *Und weiße Birken steh'n wehend am Strand.*
> *Lieblicher als Inisfal ist das Land, das ich meine,*
> *Lauer die Luft und süßer der Trank*
> *Aus goldenen Bechern der Geisterrunde.*
> *O folge mir, Frau,*
> *unirdische Schönheit leiht deinem Leibe mein duft-*
> *zarter Kuss.*

Über Fluss und Hügel fliege ich mit dir,
Noch ehe des Hundes Geheul die Wächter ermuntert,
Und im silbernen Licht der Sichel des Mondes
Grüßen noch heut uns mit hellem Jubel
Singend die Side am bläulichen Hügel
Und krönen als Königin dich, du Schönste."

Und ich sage dir noch etwas, ich verrate dir ein letztes, das vielleicht größte Geheimnis, ich sage dir, dass wir uns wiedersehen werden, sich unsere Wege kreuzen werden, wie sie sich oft schon gekreuzt haben – nicht in der Anderswelt, sondern in einem anderen Leben, irgendwann und irgendwo.

Dann trete ich zurück.

Der Merlin hat seine Schuldigkeit getan, der Merlin bleibt.

Ich sehe dich stehen, mit den ausgebreiteten Armen, den langen Haaren, in denen der Wind spielt, deinem weißen Gewand, den Blumenkränzen und ich sehe den Schatten, ich sehe das Kreuz und in diesem Augenblick erkenne ich, dass sich die Zeiten ändern, dass die Tage der alten Religion gezählt sind.

Es wird mir klar, dass du die Letzte bist, die da am Rande des Nichts steht, ich der Letzte bin, der jemanden hierhergeleitet.

Die Sonne senkt sich und in dem Augenblick, da sie beginnt, mit dem Meer zu verschmelzen bricht der Gesang ab.
    Es ist vollkommen still in dem Augenblick, in dem du dich fallen lässt.

Go raibh maith agat, Slán

Ein weiterer kleiner Einschub
(und auch dieser ist sicherlich nicht der letzte)

Wenn sich nun jemand wundern mag, wie denn Eiran – die Namensgleichheit oder zumindest -ähnlichkeit mit der ursprünglichen, gaelischen Bezeichnung für jene regenbegossene, grüne, nach Definition der Eingeborenen „emerald – smaragdgrün" erscheinende Insel am Rande des Kontinents, der Insel, auf der es keine Schlangen gibt – nicht, weil sie der heilige Patrick, wie uns die Legende glauben machen will, vertrieben hat, sondern, weil schlicht und ergreifend am Ende der letzten Eiszeit, damals, als innerhalb kurzer Zeit die globalen Temperaturen markant anstiegen – sehr deutlich und sehr schnell (warum, ist eine ganz andere Geschichte, eigentlich gibt es viele unterschiedliche Geschichten, je nachdem, von wem man etwas zu hören bekommt, ist da bis zu möglichen Atomkriegen, untergehenden Hochzivilisationen, möglicherweise sogar interstellaren, die es zu dieser Zeit gegeben haben soll, kann, mag oder auch nicht die Rede – „the continent of Atlantis was a island which lay in the area we now call the Atlantic Ocean …", und es ist und war nicht nur der gelockte schottische Barde, der uns von dem sagenumwundenen Ort sang, seit alten Zeiten geht die Geschichte – selbstverständlich alles nur Hirngespinste, unbewiesen – zumindest bis dato – und frei ersponnen) der Meeresspiegel – soweit man das heute rückverfolgen kann – sich um über hundert Meter hob – und sich die Menschheit dennoch nicht in Wehklagen verlor oder ausstarb – was sind da schon die zwei Meter, die uns die Reiter der modernen Klimaapokalypse vorhersagen – es keinen Landweg dorthin mehr gab, auf dem diese Tiere sich hätten machen können – mit ihren mindestens forty shades of green (nicht zu verwechseln mit einem ähnlich klingenden Roman, der – sowohl in Buch- als auch in Filmversion – ein

58

Riesenerfolg war, zumindest bei Klosterschülerinnen und ihren
Schwestern im Geiste, die sich da – brrrrr, ahhhh – die wohligen
Schauer – entweder der Vorstellung, jemand könnte sie doch auch
so ... oder des „Also ich kann mir nicht vorstellen, dass ich mir so
was gefallen lassen könnte, mir so was gefallen könnte" – über Rü-
cken und andere Körperteile jagen lassen) ist durchaus nicht zufäl-
lig – sich hierher „verirrt" haben mag, als ein weiteres Pflänzchen
im weiten Gemüsegarten des Kreters, der – und das sollte man nie
vergessen – da von sich behauptet zu lügen, dem sei gesagt, dass
Kreter und Kelten auch abseits des K Gemeinsames haben.

Sei es, dass sie und ihre hochstehende Kultur vergessen, verdrängt,
verschüttet, jahrhundertelang ignoriert wurden, die einen als barbari
verunglimpft von den (militärischen) Siegern und Eroberern – vae
victis, die Geschichte schreiben immer noch die Sieger, Geschichte
ist eine Tochter der Zeit, die Erzählung der Sieger und nicht immer
die Realität (wie man manchmal viel, viel später erstaunt feststel-
len, Geschichtsbilder revidieren, neu bewerten muss, wenn denn
der zeitliche Abstand groß genug ist und neu auftauchende oder
aufgetauchte Quellen dies nötig machen) –, die anderen tatsächlich
in den Hintergrund gedrängt, überdeckt, verschüttet von Jahrhun-
derten der Romanisierung, Christianisierung und aller möglichen
sonstigen -ianisierungen, die im Laufe der Zeit über – nicht nur –
unsere Gegend hinwegzogen, von Völkern, die sich hier niederlie-
ßen, die ortsansässige Bevölkerung meuchelte, vertrieb, verdrängte,
um dann selbst wiederum gemeuchelt, verdrängt, unter den Tep-
pich der Geschichte, der geistigen Evolution, gekehrt zu werden.

Und dennoch feiern sie fröhliche Auferstehung in Bräuchen, denen
man – heutzutage und der allgegenwärtigen Profanisierung und Kom-
merzialisierung, der einzig wahren Religion dieser Tage, geschuldet –
zwar den tieferen Sinn, ihren religiösen Inhalt – und zwar unabhängig
davon, ob sich das Christentum bewusst auf diese Daten „draufge-
setzt" hat oder nicht –sauber herausgeschnitten hat, wie der Chirurg
alles Störende mit seinem Skalpell zu entfernen trachtet, und doch ...

Sei es auch, dass sich dem, der will, auch und gerade in unseren Gefilden, die dereinst prägend und teilweise sogar namensgebend waren für Epochen, da die Kelten das Leitvolk Europas waren (die politische und kulturelle Bedeutung eines anderen „Urvolkes" Europas, der Basken, wird auch heute noch weitestgehend – möglicherweise aus politischen Gründen, möglicherweise, da sonst Geschichtsbücher umgeschrieben werden müssten, unser griechisch-römisch geprägtes Weltbild in Scherben läge und vollkommen neu aufgesetzt werden müsste – ignoriert), norisches Eisen und Hallstatt seien nur der Vollständigkeit halber hier angeführt, immer wieder und immer häufiger Reste, Spuren jener Zeit zeigen, dass ein Bewusstsein, eine Aufmerksamkeit im Entstehen ist, vor allem aber da ich eine besondere Affinität zu jenen Gegenden verspüre, in denen dieses Erbe nicht Vergangenheit ist, sondern gelebte Gegenwart, das immer stärker sein Recht einfordert, von der Sprache – egal ob in Irland, Wales, Schottland oder aber auch der Bretagne – angefangen.

Und so kann – und wird – es durchaus sein, dass ich zwischendurch (zurück-)gehe zu Erinnerungen und Geschichten vom Rand Europas, zu weisen Männern und wissenden Frauen, die – beim Teutates – auch wenn uns die Geschichten des letzten den römischen Eindringlingen Widerstand leistenden gallischen Dorfes und ihres Anführers (in der deutschen Version Majestix) anderes vormachen wollen, nicht fürchteten, dass ihnen der Himmel auf den Kopf fällt, auch wenn man manchmal durchaus diesen Eindruck bekommen könnte (nicht dass sie sich fürchten, sondern dass tatsächlich), wenn sich der Himmel verflüssigt und – bei welchem Gott auch immer, was ja auch in Irland trotz eines St. Patrick und einer Brigid of Kildare nicht immer ganz klar scheint, ja, es durchaus sein kann, dass der eine genannt wird, ein anderer jedoch gemeint ist – nicht immer sanft auf die Erde stürzt.

Und doch.
Vergesst es nicht – glaubt mir kein Wort!
Denn alle Kreter lügen.

Caledonia Saga – Fàilte gu Alba

There can be only one.

Was ursprünglich für Conor McLeod, den Highlander im gleichnamigen Film galt (auch wenn sich inzwischen herausgestellt hat, dass eine derartige Aussage zumindest im modernen Filmgeschäft nicht für immerdar gelten muss, sonst hätte es ja keine Fortsetzungen geben können), gilt sehr wohl auch – und das ohne Hintertürchen – für jenen Landstrich, aus dem dieser ursprünglich stammte.

Wenn man Menschen von und über Schottland reden hört, dann sprechen sie wohl meistens nicht von Glasgow – einer Großstadt, Industriestadt – mit traditionsreichen Fußball- vereinen, deren Namen durchaus auch auf dem Kontinent Klang und Ansehen haben, streng konfessionell getrennt, hie die Rangers, dort Celtic, für die Katholiken der eine, für die Protestanten der andere (merke: Muslimen, Juden und anderen Religionen steht kein Fußball zu, oder aber – wenn wir es positiver sehen wollen – die können sich frei entscheiden), wie es sie wohl hundert Mal auf dieser Erde gibt, unterschieden nur durch den Klang der Sprache.

Dann sprechen sie vermutlich auch nicht über die Lowlands – trotz ihrer landschaftlichen Reize, den grünen Hügeln, Ortschaften wie Gretna Green –, bekannt und berühmt berüchtigt durch die seinerzeit von so manchen runaway kids genutzte Möglichkeit, dort schnell und unbürokratisch, dennoch aber rechtskräftig getraut zu werden, ja, vermutlich nicht einmal von der bekanntesten Queen of the Lowlands (die Clans weiter im Norden waren auch damals schon ein eigenes Kapitel), Mary Stuart, die da dereinsten – angeblich – ihr Herz und ihren Kopf derart verlor, dass sie sich ihres ungeliebten Göttergatten durch eben jenen neuen Herzallerliebsten auf nicht ganz feine Art entledigen ließ, nur um schlussendlich als letzte Konsequenz dieser Tat dann im Auftrag ihrer lieben Cousine tatsächlich um eben diesen Kopf kürzer gemacht zu werden. –SO ist das nun mal, wenn man der Verwandtschaft zu sehr traut, obwohl man sich genau diese nicht aussuchen kann und die Mär, dass Blut dicker sei als Wasser, schon von den Herrn Kain und Abel widerlegt wurde (darüber, wie sich eigentlich unabhängig von dieser „Mutter aller Bluttaten" die Menschheit weiter fortpflanzen konnte, vor allem anbetrachts der Tatsache, dass nirgendwo in der Bibel eine Schwester – was ja auch schon nicht ganz koscher wäre, zumindest nach heutigen, hierzulande geltenden Moralvorstellungen – erwähnt wird, lässt sich trefflich mit Zeugen Jehovas diskutieren – es ist amüsant, wetten, und sie werden künftig diese Türe meiden, wie der Teufel das Weihwasser)

Darauf, dass ihr diese ganze verzwickte Angelegenheit zu bleibender Erinnerung, ja sogar zu fulminantem Eingang in die Weltliteratur verhelfen würde, hätte sie vermutlich im Gegenzug für ihren Kopf gerne verzichtet.

Dann sprechen sie möglicherweise von Edinburgh, schiefergraue Stadt, kulturelles und politisches Zentrum des Landes im Schatten der Burg, sprechen von der Stadt unter der Stadt, die es da angeblich noch immer gibt, mit Häusern, Gassen … versteckten Winkeln, der Stadt, die dem Leser von Ian Rankins' Romanen durch die Erlebnisse und die Arbeit von DI John Rebus nähergebracht werden könnte, der Royal Mile, dem Edinburgh Festival – sicherlich allein und für sich eine

Reise wert, Festival und Stadt –, dem Firth of Tay und der Brücke über das graue Wasser, den Hexen – nicht des Macbeth, die sind weiter nördlich beheimatet, außer die Damen haben, weil daheim nichts los war, einen kleinen Betriebsausflug gemacht, sondern des Theodor Fontane –, „Tand, Tand sind die Gebilde aus Menschenhand", die diese dereinsten zu Einsturz brachten.

Dann – schon eher – sprechen sie von der West Coast, dem eigentlichen Schottland, wenn man den Einheimischen Glauben schenken mag, die da sagen, dass du noch nicht in Schottland warst, wenn du nicht dort warst, abseits der Städte, ja vielleicht sogar der Zivilisation, dort wo Echtes noch echt ist, die Decke der englischen Kolonisation dünn, failte – zuerst noch „brother Gael", den keltischen Bruder – Eire – in Sichtweite, dann nichts als Atlantik und nur noch einige Inseln da draußen, je weiter gen Norden, desto rauer, karger, herber bis schließlich die Baumgrenze bis auf Meeresniveau sinkt, nur noch Gras, Flechten und Heidekraut die Hänge bedecken, soweit sich diese noch an den Steinen und Felsen festklammern können, um im Herbst, und der beginnt dort oben schon sehr früh im August, wenn es denn je einen Sommer in unserem Sinne gibt, ebendiese in ein mystisches Farbenspiel von Violett zu tauchen.

Dann besingen sie (wenn auch meist nicht mit eigenen Worten und Tönen, sondern jenen, die Sir Paul McCartney vorgegeben) eventuell den Mull of Kintyre, reden über das alte keltische Wasser des Lebens – Whisk(e)y (die schottische Schreibweise ist selbstverständlich jene ohne „e", nachdem aber der Streit, ob nun die Kelten Irlands – die ihr Destillat mit eben jenem „e" schreiben – oder doch jene Caledonias oder Albas, wie es gälisch richtigerweise heißen muss, ich bevorzuge dennoch den anderen Namen sich diese „Erfindung" an die karierten Röcke – unter denen selbstverständlich nichts den frischen Luftzug zu empfindlichen Körperstellen zu behindern hat – heften dürfen, nach wie vor hin und her wogt und vermutlich immer wogen wird – man hört da wie dort immer wieder: „They want to make believe they have invented that stuff, in fact they can't even spell it properly", lasse ich es jetzt offen, welche die ursprünglich korrekte sei) und die verschiedenen Geschmacksnuancen der einzelnen Single Malts – Abbilder der Landschaft und der Lebensumstände in den einzelnen Gegenden –, so unterschiedlich wie diese sind, so ist auch der Malt, der dort gebrannt wird – von sofort ins Herz zu schließen, weich und fast ohne Rauch, eher von der Speyside oder den sanften Hügeln der Central Highlands bis schroff, fast abweisend, jedenfalls gewöhnungsbedürftig, mit der Erinnerung an Meeresgischt, Salz und Torffeuer, wie etwas Islay Malts.

Dann sprechen sie aber mit Sicherheit von den Highlands, von Inverness und seinem Fort, das da über der Stadt thront, wie eine ständige Drohung, den Hexen des Macbeth, dem Klang der einsamen bagpipe, der schwerelos über nebelverhangenen Hügeln zu hängen scheint, den wilden, ekstatischen Rhythmen und melancholischen Liedern in der alten, keltischen Sprache, die anlässlich diverser Feiern – und zu feiern gibt es immer etwas, und sei es nur, dass der Nachbar auf der Suche nach seinen Schafen es doch bis ins örtliche Pub oder eben bis zur eigenen Haustür geschafft hat – fiddle, flute und bagpipe oder auch Musikkonserven von Bands wie Runrig entrissen werden, begleitet von Klatschen, Stampfen und vor allem jeder Menge flüssigen Goldes …

… erzählen von alten Burgen – egal ob halbverfallen und nur noch von den Geistern der einstigen Bewohner bewohnt, hinweggerafft in Clanfights oder im Kampf gegen die bloody English, die noch immer meinen, dass nicht der schottische König dereinsten den englischen Thron bestieg, sondern dass es umgekehrt gewesen sei, vom verlorenen Kampf der Jacobites und dem Gemetzel an den Männern der Clans ganz zu schweigen, oder noch von echten Menschen bewohnt –, erzählen möglicherweise von Eilean Donan Castle, der wohl bekanntesten der unzähligen Burgen, von Urquart Castle am Ufer des Loch Ness mit seinem Wasser, das jeglichen Blick in die Tiefe verwehrt, das Geheimnis hütet, was denn nun wirklich dran sei an all den Geschichten um jenes Geschöpf, das da in den Tiefen wohnen soll, Relikt einer längst vergangenen Epoche, Einbildung derer, die da meinten, etwas gesehen zu haben oder doch nichts als schlichter Publicitygag (wenngleich, wenn man die Einstellung, das Misstrauen Fremden gegenüber kennt – irgendwie verständlich, wenn man bedenkt, dass diese in der Vergangenheit selten Gutes gebracht haben –, dies doch eher unwahrscheinlich scheint), dann sprechen sie von den Clans, ihren Tartans, den Stoffgeschäften, wo genau festgelegt ist, welcher Tartan welchem Clan – und nur diesem – zugeordnet ist und nur an dessen Mitglieder verkauft werden darf, welcher, „may be worn by anyone", auch dem Touristen feilgeboten wird, oft genug in der Form des fertig geschneiderten Kilts, selbstverständlich inklusive Sporran und Plaid.

… schwärmen von jenen wenigen Tagen oder Wochen, da das Heidekraut die Hügel in flammendes Violett taucht, erzählen von den endlosen Hochmooren, wo kein Baum dem suchenden Auge Halt bietet, während du über schwarzes Wasser hinwegspringst, immer versuchend, nicht einzusinken oder deine Schuhe den Kobolden und Geistern des Moores als Opfergabe zu hinterlassen.

… dann erzählen sie von Ortschaften wie Mallaig, wo die Eisenbahn, die mit dem seit den Verfilmungen der Geschichte des Zauberlehrlings der ehemals arbeitslosen und inzwischen zu einer der reichsten Britinnen avancierten Dame aus Edinburgh weltweit bekannten Viadukt, die dich an diesen Ort gebracht, ihren Endbahnhof hat und einige hundert Meter weiter dann auch die Straße endet, wo ein einsamer Bagpiper den täglichen Zug begrüßt und verabschiedet, dort, wo sich die Berge ins Meer stürzen, wo alles zu enden scheint, wo du nur zwei Möglichkeiten hast, umzukehren und nach Fort Williams in die Zivilisation zu flüchten oder die Fähre nach Skye zu nehmen.

Selbstverständlich könntest du auch dort bleiben, den Hochseefischern zusehen, wie sie ihre Boote be- und vielleicht auch wieder entladen, wie die Flut steigt und die Ebbe Land freigibt, wo man es nie vermutet hätte, an die Kaimauer gelehnt, die seltenen Momente genießen, wenn die Sonne durch die Wolken kommt, um zu wärmen wie das Torffeuer im offenen Kamin (nur ohne den etwas strengen Geruch) oder aber dir viel öfter, den Wind, den Sturm, der vom Atlantik hereinzieht, um die Nase wehen lassen, ehe du dich ins Pub flüchtest, dessen Tür vorsichtshalber – nicht so sehr als Abwehr Fremden, Touristen gegenüber, die nimmt man inzwischen zur Kenntnis, wie man exotische Vögel, die sich verirrt haben, zur Kenntnis nimmt, nicht unfreundlich, sondern eher auf die Art „Wenn sie nicht da sind, ist es zwar ruhiger, aber erschießen kann man sie deswegen ja auch nicht", sondern gegen plötzliche Böen – mit einem unter die Türschnalle geklemmten Sessel zusätzlich gesichert ist, du könntest, nach vielen Jahren oder Jahrhunderten, vielleicht sogar Freundschaft schließen mit den Einheimischen, von ihnen akzeptiert werden, deinen Stammplatz erhalten am Tresen, als seltsames Faktotum, einer von ihnen wirst du nie – nicht einmal deine Kinder, selbst wenn in einer stürmischen Nebelnacht mit – je nachdem – einem oder einer Einheimischen gezeugt.

Die Enkel vielleicht, aber auch das eher kaum.

Nicht umsonst trägt das Hauptthema des in den westlichen Highlands spielenden Films „Local Hero" den Titel „Goin' home" – man kann dies durchaus auch als melodische Aufforderung an den Nicht-Einheimischen auffassen, ohne sehr weit danebenzuliegen.

Natürlich kann man die fast wortidente Beschreibung auch über Kyle of Lochalsh vernehmen – jenen Ort weiter nördlich, wo die Eisenbahn, die von Inverness nord- und westwärts sich den Weg bahnt, den Ozean erreicht und sich die Straßenbrücke nach Skye über das Wasser spannt –, auch dort steht der Mann mit dem Dudelsack (blödes deutsches Wort im Übrigen), auch dort ist die einzige Alternative zur Isle of Skye der Weg zurück.

Und man erzählt Geschichten.

Wie jene von dem kleinen Österreicher, den es dorthin verschlagen, vor langer, langer Zeit, und der im Pub – gleich neben der grauen Steinkapelle und den schiefen keltischen Kreuzen des Friedhofs – sich weit nach Mitternacht verwundert fragte, und dies dann auch seinen Trinknachbarn (in Irland wären sie schon längst Brüder in Guinness gewesen), warum es denn da offensichtlich nicht so genau sei mit der Sperrstunde (die galt damals noch und die war um elf – und wer jemals Briten erlebt hat, wie sie trinken – was heißt trinken, saufen, dass ein Kamel neidisch werden könnt' – in Fünferreihen, wobei immer nachgerückt wird, sobald die erste Schüttreihe blunzenfett vom Hocker fällt, weiß, dass das durchaus zum Schutze der Bevölkerung war) und der Mensch in sein Glas grinste, um dann zu erklären, die Polizeistation sei am anderen Ufer der Bucht – in Norwegen hätte man wohl von einem Fjord gesprochen – und er sei der Ferryman und mit dem Landrover dauere es ungefähr zwei Stunden ...

Ein, zwei Mal in der Woche ließe er sich herab, die Vertreter der staatlichen Ordnung herüberzuschippern, auf dass sie ihre Pflicht erfüllten und die Einhaltung der Gesetze überprüften – weil sie denn müssten, auch wenn sie, als Einheimische selbstverständlich schon lange mit den tradierten Gepflogenheiten vertraut, manchmal dann selber eben diese vergessend, noch lange nach Mitternacht im vertrauten Gespräch mit Nachbarn, sich selber oder auch nur dem Whisky- oder Lagerglas anzutreffen seien.

Wie jene von dem – auch ein Österreicher, aber kein kleiner und mein Begleiter auf meiner ersten Tour durch Heidekraut, Farn, Single und Blended Malt, Nebel und Sturm –, der da, vom fast tropischen Nachmittag verführt, meinte, es sei eine grandiose Idee, in den Hügeln hinter Mallaig das Zelt aufzubauen – durch eine Kuppe vor Wind vom Meer geschützt, nur dass der verfluchte Sturm dann seltsamerweise von der anderen Seite das Zelt voll traf – it's a kind of funny, wenn du mitten in der Nacht ein aufgebautes Zweimannzelt um neunzig Grad drehen sollst, damit der Sturm wenigstens nur die Schmalseite trifft, der da glaubte, beweisen zu müssen, dass er bergiges Gelände gewöhnt sei und zielsicher das gefühlt am weitesten oben am Berghang des Ben Nevis zu findende Bed and Breakfast von ganz Fort Williams ansteuerte –, der sicher war, des Englischen mächtig zu sein und damit überall auf den Britischen Inseln durchzukommen, bis er erstmals in Crianlarich auf einen Schotten, einen Highlander, traf.

Der sprach nicht die alte keltische Sprache, der sprach durchaus das, was man dort unter „Englisch" versteht, allein, mein Begleiter verstand nichts, was – zugegeben – kein allzu großes Wunder ist, wenn man sich nicht eingehört hat – es erging ihm wohl so wie einem Norddeutschen, der in den hintersten Tälern des Heiligen Landes Tirol seine Muttersprache nicht mehr erkennen dürfte oder der wohl kaum in der Lage wäre zu unterscheiden, ob ihn denn der freundliche oststeirische Bauern zum Verweilen aufgefordert oder der Hofhund zum dringenden Verlassen des Gehöfts – von jemandem, der sich diese Sprache als Fremdsprache mühsam angeeignet hat, ganz zu schweigen.

Oder wie jene von dem älteren Gentleman, der mich mitten in den Highlands – es war in Pitlochry, wo mich der Ortsname, die Erinnerung an die dort abgehaltenen (natürlich nicht zu der Zeit, da ich da weilte, leider) Highland Games, wo die höchste Ehre dem gezollt wird, der einen Baumstamm am weitesten werfen kann, oder ein drängendes Gefühl, wer mag das schon Jahre später wirklich beurteilen, aus dem Zug getrieben hatte und ich (eigentlich wir, jener eben schon erwähnte Begleiter – einen Tag jünger als ich – war dabei und möge, wenn es jemand nicht glauben mag, als Zeuge fungieren, so er sich noch erinnern kann, es ist ja doch schon eine gewisse Zeit her, es war just, da Elvis beschloss, fortan mit Größen wie Jimi Hendrix und Brian Jones zu musizieren zwei Mädels, die wir auf dem Weg nach Inverness trafen, ließen es sich nicht nehmen, einer Freundin back home im Ruhrpott und „greatest fan ever" aus diesem Anlass eine Kondolenzkarte zu schreiben) schlussendlich, nachdem das „Baptist Centre" als mögliche Übernachtungsmöglichkeit ausgeschlossen worden war, eine ausgesprochen angenehme Unterkunft gefunden hatte und wir dort des Abends von der Landlady, sprich Vermieterin, mit einem freundlichen „Teatime, Gentlemen" zu einer Tasse gebeten worden waren – dass die Stärke des Gebräus jeglichen Schlaf in den folgenden Stunden ohnehin verhindert hätte, sei nur nebenbei erwähnt – in einer Sprache anredete, die ich zuerst für einen seltsamen, vielleicht hebridischen Dialekt hielt, die sich aber dann als das herausstellte, was der gute Mann für Deutsch hielt.

Der, wie sich dann im Laufe des Gesprächs – das aber vorsichtshalber (offiziell, um seine des Deutschen kaum mächtige Gattin nicht völlig aus der Konversation auszuschließen) doch auf Englisch geführt wurde – herausstellte, dereinsten als Besatzungsmitglied der deutschen U 27 im Zweiten Weltkrieg von den Briten gefangengenommen, die Zeit seiner Gefangenschaft aber derart genossen haben dürfte, dass er sich, nachdem er aus jener der Royal Navy entlassen ward, sich in jene einer Dame begab, die er währenddessen kennengelernt hatte und seit eben jenen Tagen in den Lowlands, unweit der englischen Grenze in der Gegend von Gretna Green wohnte, wohin er uns freundlichst einlud.

Und sie reden und sie erzählen.

Und mit jedem Mal wird das Heidekraut violetter, das Moor größer und tiefer und tückischer, mit den Irrlichtern, die da aufleuchten, dich locken, verleiten, den festen Grund zu verlassen, wird das Meer wilder, der Torfrauch beißender, die Nebel dichter, die Kobolde und Geister und Hexen mächtiger – bis sie dich endlich gefangen haben, um dich zurückzuführen zu deinem Herzen.

Denn das hast du schon längst verloren, irgendwo zwischen Heidekraut und jener Linie, wo der Himmel und das Nordlicht (das du sehen kannst, wenn du Glück hast) das Wasser berührt.

Bidh mi air ais uaireigin – I'll be back one day

... somewhere over the rainbow ...
haben wir Gaeltacht

Zwischen dem Lighthouse des schottischen Mull of Kintyre und dem Torr Head ganz im Nordosten der grünen Insel liegen gerade mal ein paar Kilometer – so kurz die Distanz, dass man – egal von welcher Seite – nicht nur die gegenüberliegende Küste des keltischen Bruderlandes deutlich erkennen kann, sondern auch, dass dereinsten (so will es die Legende) der irische Riese Fionn McCumhaill meinte, hier einen Übergang schaffen zu müssen, auf dass er diese paar Meilen trockenen Fußes überqueren könne, um seinem schottischen Widersacher Benandonner ein paar Ordentliche aufs tartanbemützte Haupt zu geben.

Dass die Gattin besagten Benandonners etwas dagegen hatte, dass ihr Göttergatte verprügelt werden sollte und deshalb mit einer List dafür sorgte, dass Fionn sehr schnell, man könnte fast sagen, panikartig auf die grüne Insel zurückkehrte und den soeben errichteten „Landweg" mindestens ebenso schnell und gründlich wieder abbaute, damit nicht ...

... all das kann der interessierte Besucher im Giant's Causeway Visitor's Centre in allen Details erfahren, ebenso wie den tatsächlichen Hintergrund der unzähligen Basaltsäulen, die man heute als eben diesen Weg des Riesen bezeichnet.

Dass die mittelalterliche Handschrift – man möchte es fast die irische Nationalreliquie nennen –, das Book of Kells, jener historische Schatz, den man heute – wenn man lange genug in der Reihe gestanden hat, die, egal zu welcher Jahreszeit, vor dem Eingang geduldig auf Einlass wartet – in einer eigenen Abteilung der Library des Trinity College in Dublin besichtigen kann (und wenn man jeden Tag wiederkäme, jeden Tag eine neue Seite bestaunen könnte), eigentlich aus einem schottischen Kloster auf Iona stammt und von dort vor plündernden und brandschatzenden Wikingern gerettet, auf verschlungenen Wegen nach Dublin kam …

… dass der ewige Streit, ob man die anglisierte Version des uisge beatha (schottisch) beziehungsweise uisce beatha (irisch) – in der Aussprache kaum zu unterscheiden und im Zweifelsfall durch einen ohnehin kaum feststellbaren, unterschiedlichen „Dialekt" erklärlich – nun mit oder ohne „e" schreibt, und wer's denn erfunden hat (im Zweifelsfall waren es die Schweizer – auch wieder eine Anmerkung, die Generationen verstehen und nachfolgende nicht mehr, die nämlich, die die Ricola-Werbung – nicht mehr – im Ohr haben) noch ewig hin und her wogen wird, man den Luftsack der bagpipe bei den einen mittels unter den Arm geklemmten Blasbalg, bei den anderen wiederum durch Hineinblasen füllt, man bei den einen „Slainte mhath" und bei den anderen „Slainte mhaith" sagt …

… dass die einen – mit Ausnahme einer immer kleiner werdenden Gruppe – die Engländer lieber heute als morgen los wären (noch ist es nicht so weit, aber wer weiß, was die Zukunft oder die Scottish National Party bringen mag), die anderen diese vor nunmehr hundert Jahren (mit eben der kleinen Ausnahme jener sechs Grafschaften von Ulster) schon losgeworden sind …

… zeigt die enge Verbindung der beiden Länder und noch mehr der Menschen, die diese bewohnen.

Redhead.
Ähnlich, aber nicht gleich.

Deartháireacha Gael – gaelische, keltische Brüder.
Chapel und Church.
Katholisch und protestantisch.

Auch wenn der Atlantik beide im Westen begrenzt, auch wenn
Wind und Regen in beiden täglicher Begleiter sein kann (aber
nicht muss, ich habe in Irland schon zehn Tagehintereinander
ohne Regen erlebt – zugegeben eine fast einmalige Sensati-
on, aber doch) – Irland ist nicht nur westlicher und südlicher,
Irland, sowohl was die Landschaft als auch die Menschen,
die diese bewohnen betrifft, gilt (möglicherweise tut man
damit Alba unrecht) als, wenn man jetzt vielleicht vom äu-
ßersten Nordwesten absieht, lieblicher, freundlicher – forty
shades of green, emerald, und dennoch in der Seele schwarz
wie Guinness.

Und seit meinen ersten Erfahrungen mit Schottland, meinen
ersten Erzählungen, Schilderungen von den Schönheiten, den
Verlockungen Albas begleiteten mich die Kommentare, dass
EIRE so ähnlich wäre, nur halt noch schöner.

Aber wie heißt es (und das vermutlich vollkommen berechtigt
und wer käme schon auf die Idee, etwa Miss Marilyn und Sig-
noria Sophia oder Gisele do Brazil und Rihanna einander wer-
tend gegenüberzustellen, sich anzumaßen, wie das Spieglein
an der Wand festzuhalten; „... aber ... ist hundertmal schöner als ...) doch so treffend: „Schönheit liegt im Auge des Be-
trachters" und – vermutlich noch treffender und das schon
seit Äonen: „De gustibus non est disputandum."

Und doch ist es sicherlich hilfreich und empfehlenswert, vor
einem etwaigen Vergleich beide gesehen, erlebt, gespürt zu
haben. (Um möglichen Irrtümern vorzubeugen – ich spreche
jetzt weder von Claudia noch von Naomi, sondern selbstverständlich von den beiden „celtic tigers".)

Also lasset uns mit dem Guinnessglas in der Hand und mit klarem, unbenebeltem Verstand (wie lautet ein alter irischer Spruch? – Solange du selbstständig und ohne fremde Hilfe auf dem Boden liegen kannst, bist du nicht betrunken!) der grünen Insel einen oder mehrere Gedanken widmen, Orte wieder vor dem inneren Auge erscheinen lassen und wehmütig daran denken, dass es nunmehr auch schon wieder einige Zeit her ist, dass ...

Dabei war mein erster Besuch, der ohnehin nicht wirklich über Dublin hinauskam und da nur einen kleinen Streifzug den Liffey entlang, nicht mehr als ein Zwischenstopp auf dem Weg zum dritten der keltischen Tiger, dem dritten Land, das – ebenfalls – von den Engländern erobert, diesen (heimlich und in Liedern und alten Geschichten tradiert, aber in letzter Zeit auch durchaus selbstbewusst nach außen getragen, wenn auch noch lange nicht in der Intensität wie weiter im Norden) ganz gerne den Mittelfinger zeigen würde – dem Land des roten Drachen, Wales.

Und auch wenn es nur ein paar Stunden waren zwischen fáilte und slán, auch wenn der eine Abend gerade dafür reichte, einen kurzen Abstecher in den Temple Bar District zu unternehmen, für Gallagher's Boxty House und um ein, zwei, drei pints of Guinness bei traditioneller Musik zu genießen, ehe die Nacht in einem Guesthouse über die Runden gebracht wurde, in das ich – O'Connell hin und Square her –, wenn ich denn die Unterkunft ausgesucht hätte, keinen Fuß zu setzen gewagt hätte, wohl wissend, dass ich dann von den mitreisenden Kolleginnen gelyncht worden wäre – trotz des offiziell zumindest Zwei-Stern-Standards aber halt irischer Standard (seit damals weiß ich, dass Standards und Sternbewertungen sehr, sehr landesspezifisch sein können) – zum Anfixen hat's gereicht.

Und auch wenn mich mein Freund Kyran – den ich zu diesem Zeitpunkt noch nicht kannte – später darüber belehren würde, dass man, wenn man in Dublin war, deswegen noch lange nicht glauben sollte, in Irland zu gewesen sein, dass man – wie vermutlich überall – die Hauptstadt hinter sich lassen müsse, um das Land zu erfahren ...

Ich würde – sicherlich – zurückkehren in die Stadt am Liffey, die üblichen Highlights besuchen, am St. James Gate mir die Vorzüge des dort gebrauten Gerstensaftes erklären lassen und mindestens das ohnehin im Eintritt inkludierte Pint in der Skybar des Storehouse vergönnen, mich in der alten Jameson Distillery nochmals zum wahren Experten in Sachen Irish Whiskey erklären lassen, den Liffey entlang Richtung Meer wandern bis in den Hafen, vorbei an den imposanten neuen Gebäuden der Docklands, der (ich nenne sie nun einfach mal so) Harfe-Brücke alias Samuel Beckett Bridge und dem Kongresszentrum und – natürlich – mich nächtelang durch die Pubs im Temple Bar District treiben lassen.

Natürlich – ohne Trinity College und Besuch bei der irischen Nationalikone, dem Book of Kells, ohne Phoenix Park, ohne den in den Himmel ragenden Spire wäre ein Besuch in Dublin unvollständig, wohl ebenso, wie wenn man nicht wenigstens versuchen würde, auf den Spuren von Bono sowie Stephen Daedalus und Leo Bloom zu wandeln.

Und ... aye, I did it in the meantime.

Aber ich habe auch Kyran im Ohr – you don't know anything, unless ...

Also machen wir uns auf die Wege, die schon unzählige vor uns gegangen und gefahren, wie die Siedler in Amerika – westward ho – immer der untergehenden Sonne nach, dorthin wo das Land noch ursprünglich, die Menschen freundlich und authentisch (nicht dass mir in Dublin missmutige Menschen begegnet wären und wenn, dann waren es Touristen), wo die alte Sprache – lange von den Engländern verboten, in den Untergrund gedrängt – nicht nur (wieder) in der Schule, wie eine Art von Fremdsprache unterrichtet und gelernt wird, sondern alltäglicher Umgangston ist.

Fahren.

Auch so eine Sache – abgesehen vom Linksverkehr, an den man sich, wenn man sich denn vor allem beim Abbiegen konzentriert und sich nicht wundert, dass rechts vom an der Kreuzung Vorrang gebenden Kollegen kein Platz mehr ist, wo das Gefährt denn hinpassen würde, ehe es einem urplötzlich wieder durchs Hirn schießt …, relativ schnell gewöhnt.

Woran man sich eher nicht gewöhnt, ist, dass der Mietwagen als – logischerweise – Rechtslenker, der den Gangheber dennoch (wo denn auch sonst) zwischen den Vordersitzen hat mit der linken Hand zu schalten wäre.

Doch wo ein Wille und ein wenig Verstehen zwischen den Partnern … ich kupple und Madame schaltet und das funktioniert ausgezeichnet, so sie nicht – vor lauter Faszination ob dessen, was sich da dem Auge bietet (von Fuchsienhecken über Hortensienbüsche bis zu allerlei anderem Gewächs in für den Mitteleuropäer unvorstellbaren Dimensionen) alles andere ignorierend – erst daran erinnert werden muss.

Wir landen in Shannon – jenem Flughafen an der Westküste, der da dereinsten Zwischenstation war für alle, die den Atlantik überquerten, wo ein findiger Barkeeper ein Getränk erfand, um die durchgefrorenen Fluggäste bei eben diesem Zwischenstopp aufzuwärmen und aufzuheitern und das von dort aus seinen Siegeszug weit über alle Flughäfen dieser Welt hinaus angetreten hat.

Man nehme eine größere Tasse – es kann auch (und wird neuerdings auch meist verwendet) ein spezielles Glas sein –, gebe drei Stück Würfelzucker hinein und fülle sie mit Kaffee (okay, jenem entfernt nach Kaffee riechenden Heißgetränk, das man dort schon für Kaffee hält, wenn eine einsame Bohne einige Sekunden durch warmes Wasser gezogen wird und das möglicherweise gerade noch einen Teutonen als zu stark in den Bluthochdruck treiben kann, einen gestandenen Österreicher hingegen ... von den Signori ganz zu schweigen), bis der Boden nicht mehr zu sehen ist.

Dann fülle man mit Whiskey auf, bis der Boden wieder zu sehen ist und kröne das Ganze mit – vorsichtig über einen umgedrehten Löffel gegossen, damit es sich nicht vermische – Cream, also Schlagobers.

Das Ganze nennt sich dann Irish Coffee, hat fast keine Kalorien und wird meist nicht einmal mehr in Irland so zubereitet, denn es wird heutzutage oft genug am Whiskey gespart, dieser genau abgemessen.

Nur manchmal, wenn man Glück hat, man dem Barkeeper, dem Landlord oder wer auch immer für die Zubereitung zuständig ist sympathisch erscheint (eine ordentliche Zeche hilft dabei manchmal ungemein), bekommt man diesen so, dass man spätestens nach dem dritten Coffee fließend Gaelisch parliert, als wäre man der direkte Nachfolger sämtlicher Druiden und High Kings, wenn nicht gar von St. Patrick und der heiligen Bridget persönlich.

Seltsamerweise passiert einem das nie in Dublin, nicht einmal in Galway oder Ennis, sondern irgendwo in einem kleinen Dorf in Kerry oder Dingle – uns geschah so in Waterville im Smugglers Inn, jenem Bed and Breakfast mit angeschlossenem Restaurant, das ich eben wegen dieses Restaurants in die Reiseroute aufgenommen hatte – angeblich eines der besten Speiselokale von ganz Irland.

Ich versichere, wegen des Zimmers kann es nicht gewesen sein – die Nasszelle (wehe dem Häftling, der in einer Zelle dieser Größe sein Dasein fristen muss, es wäre absolut gegen jede Menschenrechtskonvention), landläufig manchmal auch – in diesem Fall in heilloser Übertreibung – Badezimmer genannt, war so dimensioniert, dass man bei Benutzung des Waschbeckens die Schiebetür (eine normale Tür wäre ein Ding der Unmöglichkeit gewesen) offen lassen musste, wollte man nicht zwischen eben dieser und dem Waschbecken eingeklemmt werden.

Aber es war sauber, das Bett war in Ordnung und ansonsten waren wir ohnehin unterwegs.

Doch zurück zum Essen.

Offensichtlich war mir wieder einmal ein kleiner Schalk auf der Schulter gesessen und hatte wieder einmal etwas übermütig souffliert, als man uns – an einem Tisch für zwei – die Speisekarte reichen wollte.

Und so kamen Worte aus meinem Mund, die da klangen wie: „Einen schönen Gruß an die Küche und man möge uns – je nach Plaisir und Verfügbarkeit – etwas ‚du mer‘ servieren“.

Daraufhin bat man uns gleich einmal an einen größeren Tisch und – was soll ich sagen – dieser war dann fast noch zu klein ob der Platte, die uns dann, gemeinsam mit Schüsseln von Beilagen, vorgesetzt wurde. Ich habe schon des Öfteren sehr gut gegessen, auch sehr exquisit und durchaus auch teuer, aber wenn man mich früge – dieses „Mach er uns was mit Meeresgetier“ ist sicher unter dem Besten, was mir jemals vorgesetzt wurde (und das zu einem ausgesprochen christlichen Preis), getoppt allerdings vom „Mach er was mit Lamm“, zu dem ich den Chef am folgenden Abend auffordern sollte.

Und danach – beide Male – der (wie schon erwähnt) beste Irish Coffee ever, genossen mit Blick auf die Ballinskelligs Bay und der Brandung des Atlantik im Ohr.

Natürlich war das Restaurant nicht der wahre Grund für den Besuch an der Ballinskelligs Bay (so verfressen bin nicht einmal ich, dass ich deswegen ...), sondern jene Inseln, die da einige Kilometer vor der Küste aus dem Meer ragen – die Skelligs.

Eigentlich Skellig Michael oder irisch Sceilg Mhichíl, denn die andere, kleinere – sinnvollerweise „Little Skellig" genannt – ist für den Normalsterblichen No-go-Area, sprich mit Betretungsverbot belegt, um die tausenden, was sage ich, gefühlte Millionen dort brütender und lebender Seevögel nicht zu stören.

Das Boot, das den Besucher – wenn er Glück hat und es Witterung und Wellengang erlauben (was gar nicht so sicher ist, denn manchmal ist es eben sicherer, nicht hinauszufahren, und der hoffnungsvoll auf die Überfahrt Wartende wird mit einer Ansicht der Hafenzeile von Portmagee getröstet auf den möglichen Besuch des Skellig Experience Visitor Centre hingewiesen) – zu Michael bringt, fährt knapp daran vorbei, so knapp, dass die Nasen der Besatzung und vor allem der Besucher schon einer ordentlichen Belastungsprobe ausgesetzt werden – es stinkt zum Himmel und das im wahrsten Sinn des Wortes und manchmal soll auch schon dem einen oder der anderen ein Stück – nicht unbedingt des Himmels – auf den Kopf gefallen sein.

Skellig Michael also – Weltkulturerbe, frühmittelalterliche Klostersiedlung mitten im Atlantik, und gleichzeitig auch Drehort für Teile von Star Wars, was dazu führt, dass die einen meinen, die Kontemplation nachspüren zu können, Choräle vernehmen, wenn denn die Nebel der Zeit zerreißen, während die anderen gefühlt darauf zu warten scheinen, dass der

Lichtreflex eines Laserschwertes auf den Trockenssteinmauern schimmert und Darth Vader höchstpersönlich aus einer der Hütten tritt, um sich röchelnd und schnaubend als Vater aller Besucher zu outen.

Dick und vor allem wasserdicht eingepackt in Ölzeug (gerade der Südwester ist durch eine Kapuze ersetzt) hast du die Fahrt, diese doch beinahe Stunde durch meterhohe Wellen (die Grenze, bei der die Boote im Hafen bleiben liegt – glaube ich – bei fünf Metern, alles darunter ist okay) entweder genossen oder – wie ein Mitreisender, dessen Gesicht eine verdächtig grünliche Farbe angenommen – zumindest überstanden und hast wieder festen Inselgrund unter den Füßen.

Das Kloster befindet sich fast am Nordgipfel, also doch einige – steile – Höhenmeter weiter.

Also los.

Doch ehe du dich noch auf den Weg hinauf machen kannst, wirst du von einem Guide, einem Betreuer, oder wie auch immer die offizielle Bezeichnung ist, zurückgepfiffen.

Ohne Einschulung, ohne einführende Hinweise geht gar nichts.

Und so erfährst du, dass – weil Weltkulturerbe und deshalb möglichst originalbelassen – es auf dem Weg nach oben (und selbstverständlich dann später auch nach unten) keinerlei Absicherung wie Geländer oder Ähnliches gibt und dass aus diesem Grund Vorsicht geboten sei – immerhin würden im Schnitt pro Jahr zwei oder drei Unbelehrbare in den Tod stürzen und dass es – nicht nur aber auch deswegen – strictly forbidden sei, diesen Weg zu verlassen.

Den vorgebrachten Hinweis, man sei als Bewohner alpiner Gefilde durchaus geländegängig und wisse, wann man die Hände besser aus den Hosentaschen nehmen sollte, ignoriert er.

Aber immerhin gibt er den Weg frei.

Dass du später dann den Sicherheitsapostel dabei ertappen wirst, wie er – die Bergschuhe an den Rucksack gebunden – den Weg von Kloster hinunter in Flip-Flops geht ... – okay, vielleicht waren die zwei, drei Toten, von denen er erzählt hat, Kollegen – wenn man sich zu sicher ist ... frag nach bei den Unzähligen, die in den Bergen geblieben sind.

Der Weg ist steil, so steil, dass Menschen mit Höhenangst, solche, die sich unsicher fühlen, wenn sie – leicht vorgebeugt und zwischen den Beinen nach unten blickend – tief unter sich die Wellen an die Steine schlagen sehen (und Madame gehört zu ihrem Leidwesen dazu und ärgert sich seit damals über sich selbst, wohl wissend, dass es einfach nicht gegangen wäre, niemals in diesem Leben), auf ihre innere Stimme hören und darauf verzichten sollten, den Weg der Mönche zu gehen. Wenngleich du, oben angekommen, feststellst, dass der Weg den du genommen, gar nicht der ist, den dereinsten die Einsiedler gingen – dieser alte Weg (aus gutem Grund nicht für Touristen freigegeben) führt mehr oder weniger in Direttissima nach oben und besteht, so er nicht von den Felsen und Steinen vorgegeben ist, nur aus einigen, wenigen Trittsteinen, die man zwischendurch in das Gras des Untergrundes gelegt hat.

Und dann bist du oben, betrittst – zwischen den noch deutlich erkennbaren Terrassen der Gemüsegärten – gebückt ob der geringen Durchgangshöhe (obwohl du dir den Kopf sicher nicht angeschlagen hättest, so hoch ist dieser Durchgang schon – ganz im Gegensatz zu denen der einzelnen Hütten oder Zellen) das alte Kloster und siehst die Hütten wie Bienenkörbe aus grauen Schieferplatten und -brocken, alles ohne Mörtel in Trockensteinbauart aufgeschichtet, die Zellen klein, die Kapelle oder das Refektorium etwas größer, alles umgeben von einer halbhohen Steinmauer und fragst dich, was Menschen dazu bringen mag, hier und vor allem so zu leben.

Gleichzeitig spürst du aber die Kraft, die dieser Ort ausstrahlt, die Aura, die ihn umgibt, und dennoch weißt du: So möchtest du nicht leben und du hast Verständnis dafür, dass die Mönche irgendwann um das Jahr 1000 ebenfalls genug hatten und auf das Festland, soweit man von Irland als Festland sprechen kann, zogen.

Doch lasst uns zurückgehen.

Nicht geografisch, nicht zurück nach Portmagee und dann irgendwann nach Killarney und der Gartenanlage des Muckross House, nach Dublin, zu Guinness und Jameson oder Redbreast oder ..., sondern zurück in eine Zeit vor den Mönchen der Skelligs, vor St. Patrick, in die Zeit, als das Christentum seinen Weg noch nicht auf die Insel gefunden hatte, ja, noch nicht einmal entstanden war, die Zeit weit bevor in der römischen Provinz Judäa der, von dem man sagen würde, er sei der Sohn Gottes gewesen, ans Kreuz genagelt wurde.

Gleichzeitig aber gehen wir damit auch ein wenig weiter in den Norden, in eine Gegend, die eine ganz eigene Geologie und damit auch – zwangsläufig – Pflanzenwelt hat, vergleichbar mit nur wenigen Gegenden anderswo, es ist nicht der Karst, wie wir ihn von Istrien von Dalmatien kennen, eher vielleicht wie im Toten Gebirge, gleich hinter Aussee – hochalpin auf beinahe Meeresniveau, wo die Felswände der – es sind nur – Hügel seltsam, fast violett scheinen, wo in den Rillen, den Mulden des Kalkbodens sich Pflanzen ducken, die man dort niemals erwartet hätte.

The Burren.

Karstlandschaft und doch von Menschenhand entscheidend mitgeprägt und sei es nur, dass unsere prähistorischen irischen Freunde nichts Besseres zu tun hatten, als den gesamten Baumbestand der Gegend zu roden, worauf schlussendlich die Kräfte der Natur dafür sorgten, dass eine Landschaft entstand, in der man nichts findet …

„Kein Baum, an dem man einen Mann aufhängen, kein Tümpel, worin man ihn ersäufen, keine Erde, in der man ihn verscharren könnte. (Oliver Cromwell, um 1660)

Denn dass dem nicht immer so war, ja, dass es geradezu anders gewesen sein muss, beweisen die Hinterlassenschaften der Menschen, die seit der Jungsteinzeit hier gelebt und ihre Bauwerke, ihre Ruinen, ihre Forts, ihre Dolmen hinterlassen haben.

Poulnabrone Dolmen – der wohl bekannteste Fotostopp jeder Irlandrundreise und doch – noch immer weiß man nicht, welches Geheimnis er hütet, ist er Heiligtum, Andachtsstätte oder Grabmal und wenn, für wen?

Und abgesehen davon – wie haben sie ihn errichtet, wie den Deckstein auf die stehenden Steine gepackt –, ich weiß, Wissenschaftler gehen davon aus, dass die Steine über Erdrampen gezogen wurden und dann die Erde eben wieder abgegraben wurde und Steine, Steinplatten gibt es ja im Burren ausreichend, dennoch … – vor allem wenn man gesehen hat, wie ausbalanciert diese Steinplatte auf wenigen Auflagepunkten Halt findet (und das nicht erst seit gestern).

Oder war es ganz anders, doch so, wie uns uralte Legenden erzählen, dass die Steine ganz leicht wurden, man sie – wenn man denn die richtigen Töne, die passende Frequenz fand, die Stimmen der weisen Frauen und Männer, der Priesterinnen und Druiden, derer, die wissen, sich vereinigten zu einem machtvollen Chor – schweben lassen konnte, bis sie genau dort waren, wo man sie haben wollte, und dass sich ein schwacher Abglanz davon noch findet in der Tradition des Gesanges, dass dies ein Grund sei, dass die Insel an allen Ecken und Enden von Musik erfüllt ist und so mancher meint, schweben, fliegen zu können, wenn die Nachfahren des Merlin vielleicht nicht mehr die Harfe, aber doch Gitarre, Tin Whistle, Bodhrán oder das edelste der Instrumente, die menschliche Stimme, erklingen lassen.

So auch – zugegeben als Touristenattraktion aufgezogen und täglich gegen gutes Geld buchbar – in Bunratty, wo das Banquet im Speisesaal der Burg von Musik begleitet wird, bis plötzlich einer der Sänger vor dir steht und du weißt : irgendjemand aus deiner Begleitung hat ihn angestiftet, aufgefordert, ausgerechnet dich in den Ablauf der Vorführung zu integrieren, dich abstruser Dinge zu beschuldigen, Kerkerhaft für dich zu fordern, eher der – ebenfalls von einem der zahlenden Gäste „gegebene" – Fürst in seiner unermesslichen Gnade (er wird vorher instruiert, während du im Kerker auf deine Verhandlung wartest – in Wahrheit sitzt du relativ gemütlich hinter einer Tür) dir erlaubt, dich „freizusingen", sprich du musst – auch du wurdest während deiner „Kerkerhaft" instruiert – ein, und zwar irgendein, egal welches, die Musiker beherrschen ein weites Repertoire, Lied zumindest anstimmen und im besten Fall dann gemeinsam mit den Darstellern vor ungefähr zweihundert zum Glück größtenteils wildfremden Menschen zum Besten geben – klingt ärger, als es dann schlussendlich ist, die Sänger sind exzellent und singen, wenn du es nicht kannst – „good singing voice" ist eines der höchsten Komplimente, die du bekommen kannst – I got it und Komplimente auch dafür, dass ich nicht das vorgeschlagene „My Bonnie is over the Ocean" (das ja wohl jeder, der der englischen Sprache auch nur fragmentarisch mächtig ist, kennt), sondern ein altes irisches Volkslied anstimmte.

Bunratty Castle und Folk Park an den Ufern des Shannon, dort wo noch klar ist, dass das, was da fließt, noch der Fluss ist und sich nicht, wie einige Meilen weiter flussabwärts, wenn sich der Trichter der Flussmündung über viele Kilometer öffnet, die Frage stellt, ob das Wasser, an dem du entlangfährst und das du dann auf der Fähre nach Trawlee überqueren wirst, noch Flussist oder schon Meer.

Manchmal hängt es auch von der Tageszeit ab, die Flut schickt eine deutlich erkennbare Welle flussaufwärts, während bei Ebbe das Süßwasser des Shannon weiter Richtung Westen fließt, bis schlussendlich die Ufer zurücktreten und vor dir nichts ist als der Atlantik und – tausende Kilometer entfernt, jenseits des Horizonts – Amerika.

Wie auch an den wohl bekanntesten Klippen der Insel – den Cliffs of Moher.

Inzwischen sind die Klippen in ihrer gesamten Länge durch einen Wanderweg erschlossen, man kann – theoretisch – vom Hag's Head im Süden bis ganz hinauf die Klippen entlangwandern.

Damals, als ich das erste Mal an den Klippen stand, war zwar das Besucherzentrum schon gebaut, aber der Weg nach Norden ab dem O'Brians Tower – von mir insgeheim auf den Namen „Nepp Tower" getauft, denn was da zu bezahlen ist, dafür dass man den Turm betreten darf, um dort eigentlich nichts zu sehen … – nicht wirklich vorhanden und die Wiese war mit Stacheldrahtzaun als private property abgegrenzt (nicht dass es jemanden, der wollte, wirklich aufgehalten hätte, wie der Trampelpfad deutlich zeigte).

Damit war eigentlich auch die höchste Stelle der Cliffs nicht erreichbar, jene Stelle, jenes kleine Felsdreieck, das sich wie eine vorlaute Zunge aus der Wiese hervorwagt und von dessen Spitze es mehr als zweihundert Meter sind, hinunter bis

zu den heranrollenden Wellen, jene Felsnase, auf der – lange
war so etwas wie Erinnerung im Dunst der Zeit verschwunden und doch aus diesem wieder aufgetaucht, sie magisch an-
ziehend und doch vor Schrecken schaudern lassend, unfähig
einen einzigen Schritt nach vorne zu tun – meine Frau meinte, schon einmal gestanden zu sein, damals, da noch Druiden und Priesterinnen die Götter der Kelten verehrten und
ihnen Opfer brachten, darunter auch …

Mystisches Land, umweht von den Nebeln der Zeit, Heimat
einer Sprache, die – nie gelernt, nie zuvor gesprochen, gehört –
doch so vertraut klingt, deren Klang ein Gefühl vermittelt,
das man lange nicht mehr gefühlt, Land aus dem schlussendlich das Licht der Christenheit auch zu uns zurückgebracht
wurde, als es schon in den Wirren der großen Wanderung
verloschen schien, grüne Insel am Rande der Welt, stolz auf
flüssigen Sonnenschein und forty shades of green, Land der
begnadeten Dichter, Musiker und Trinker – Paddy's waiting
am Ende des Regenbogens, es gibt noch so viel zu sehen, zu
erfahren, zu erinnern, so viele Ecken noch zu erkunden, so
viel Vertrautes wieder zu genießen, festzustellen, dass die La-
dies doch einen wunderbaren Ausblick hatten auf die Seen,
die auch dort Lochs heißen, herauszufinden, ob der Blarney
Stone tatsächlich die Gabe der Eloquenz verleiht, entdecken,
was sich in den hintersten Winkeln von Sligo und Mayo ver-
birgt und auf uns wartet …

slan, beidh mé ar ais – ich komme wieder.

Stufen ins Nirvana

Am Dachstein, dem höchsten Berg der Steiermark (wenn man jetzt dem weiß-grünen Lokalpatriotismus freien Lauf lässt und stillschweigend ignoriert, dass der Gipfel eigentlich in Oberösterreich liegt), dessen Gipfelkreuz exakt so bemessen wurde, dass Berg und Kreuz zusammen die Dreitausend-Meter-Marke erreichen (als östlichster „Dreitausender" der Alpen), befindet sich seit einigen Jahren – als Touristenattraktion, als was denn sonst – die „Treppe ins Nichts", an deren Ende derjenige, der sich dieser Treppe – ob mit einem Achselzucken, einem wohligen Schauer oder doch eher ängstlich, sei jetzt einmal dahingestellt – anvertraut, nur durch einen, noch dazu durchsichtigen (sonst wäre es ja nur die halbe Hetz) Glasboden vom Abgrund und fast tausend Meter freien Falls getrennt, quasi im Nichts steht.

In einem anderen Teil der Welt wird dieses „Nichts" anders interpretiert – weniger jetzig, weniger physisch, greifbar, sichtbar, sondern eher als jener Zustand des allumfassenden Nichts, das gleichzeitig alles ist, des Aufgehens in der göttlichen Wesenheit, das am Ende des reinigenden Zyklus von Karma und Wiedergeburt als finale Erlösung steht.

Und auch zu diesem Nichts, dem Nirvana, dem finalen Ziel eines gefälligen Lebens, wenn alle Schuld getilgt, die Seele vollkommen rein, wenn nicht mehr wiedergeboren werden muss, führen Stufen.

Stufen im übertragenen Sinn, aber auch durchaus erlebbar und erklimmbar – zu den Höhlentempeln von Dambulla, dem liegenden Buddha, dem Wasser, das entlang der Decke fließt, ohne nach unten zu tropfen, den Statuen, den Malereien, sind es über tausend.

Es ist kurz vor der dem Monsun.
Also, wenn man Pech gehabt hätte – hat man aber nicht, ätsch –, könnte auch schon Monsunzeit sein, denn so ganz hält sich das Wetter ja bekanntlich nicht wirklich an den Kalender.
Aber – wenn Engel reisen ...
Die Luftfeuchtigkeit allerdings, die weiß nichts davon, dass es noch nicht so weit ist.

Das hast du schon bei der Ankunft in Colombo bemerkt – von der airconditioned Maschine des arabischen Emirats, die dich hierher gebracht hat, nicht ohne dass der Pilot vor dem Abflug, sowohl in München als auch in Abu Dhabi (wo du als Transitpassagier mit Delay im Eilzugstempo durch den Airport getrieben wurdest, wie die Kerle sonst vermutlich nur ihre Kamele antreiben und das nur bei den beliebten Kamelrennen – keine Zeit, dir die Boutiquen und Stores näher anzuschauen, in denen offensichtlich das Geld abgeschafft ist und irgendwelche Zahlen auf den Schildern stehen, fast so, als liefe da der Wettbewerb „Wer schafft es, die höchste Zahl auf ein kleines Schildchen zu schreiben und zwar so, dass man es noch lesen kann?") den Segen Allahs für eine glückliche Reise erfleht hat (wenn dir so etwas bei uns passiert, würdest du fluchtartig das Fortbewegungsmittel verlassen, getrieben von der Angst, der gute Mann beherrsche das Gerät und seinen Job nur mit tatkräftiger Hilfe Gottes) und dem klimatisierten Flughafengebäude, wo du kurz von einem sehr gelangweilten Beamten gestoppt wirst, der – ohne sich die entsprechende Bestätigung, die du versuchst, ihm auf das Pult zu legen, auch nur kurz anzublicken (why do you think, do we have computers and by the way, it doesn't really interest ...) –, dir das Visum in den Pass stempelt, dann in die tropische Realität, ist eine Herausforderung.

Es dauert gefühlte zehn Sekunden, bis das T-Shirt durchgeschwitzt ist.
Doch der Kreislauf meint, es sei schaffbar und bis ins Nirvana wäre noch Zeit und Raum, also „Ayubowan".

So oder so ähnlich wollte ich eigentlich beginnen – was heißt, wollte, ich habe ihn so begonnen, den Text über die Insel an der Südspitze des indischen Subkontinents –, vor allem den Emotionen und den durch diese ausgelösten Gedanken nachspürend, kompakt – soweit ich in der Lage wäre, auch nur irgendetwas kompakt und knapp dazustellen, ein Konzentrat zu liefern, aber gut ...

... und dabei wäre so manches „Kleinod" möglicherweise unter den Tisch gefallen, da es nicht in den Spannungsbogen gepasst hätte, eine amüsante Nebensächlichkeit, eigentlich nicht des Erwähnens wert und doch sind es oft genau diese kleinen Momente, die ein Bild abrunden, erst zu dem machen, was es sein soll.

Wie etwa die Geschichte vom Airlinelakaien am Check-In-Schalter für die erste Klasse, der da mit aller Arroganz, zu der ein Araber nur fähig sein kann (und wer Vertreter dieses Volkes kennt, der weiß, dass diese – vor allem wenn sie zu den tatsächlich oder auch nur per Eigendefinition angeseheneren Familien, womöglich gar ... aber das ist eigentlich nicht wirklich notwendig, gehören – die Überheblichkeit, das sich für wichtiger und bedeutender Halten als den Rest der Welt, derart kultiviert haben, dass all die Gestalten, die nach wie vor an die Überlegenheit der arischen Rasse glauben, dagegen wie die reinsten Anfänger und Dilettanten des Rassenwahns erscheinen), locker lässig hinter seinem Pult den Blick schweifen ließ über all die minderen Typen, die dabei waren, „nur" Business Class einzuchecken, von den armseligen Kreaturen der Holzklasse, den Economy-Reisenden, womöglich noch über das Reisebüro einer Diskonterkette gebuchte Pauschaltouristen gar nicht erst zu sprechen, die nahm er gar nicht wahr, ebenso wie der stolze Adler Amsel, Drossel, Fink und Spatz ignoriert.

Doch dann kam er.

Was heißt „kam", er erschien – eine dunkelbärtige Gestalt in reinstes Weiß gehüllt, in der Hand nichts als ein goldenes Mobiltelefon – : der Scheich.

Mit ihm – quasi als Kontrast zum Herrn der – wenn schon nicht der ganzen Schöpfung, so zumindest eines Teiles der – Wüste, von Kopf bis Fuß in Schwarz gehüllt, ein schmaler Schlitz ließ gerade noch die Augen erkennen, Madame Scheika (nehme ich mal an) mit Junior im Buggy und dahinter einige Bedienstete mit etlichen Gepäckswägelchen, solchen, wie man sie aus großen Hotels kennt und mindestens ebenso angefüllt, wie wenn dort eine ganze Busladung von Gästen das Gepäck in ein solches zwängt.

Alsyd oder auch Sahib, im Gegensatz zu manchen – (nicht Landsleuten, aber doch Menschen, die aus derselben Weltgegend stammen) –nicht auf den Weg nach, sondern aus Germany zurück ins Morgenland.

Da war es dann ganz plötzlich vorbei mit dem lässigen Vor-sich-hin-Lümmeln, da verschwand plötzlich jede Arroganz, jede Überheblichkeit aus Blick und Haltung, da wurde er ganz schnell zu einem eilfertigen, untertänigen Handlanger.

Und er war noch beschäftigt, als wir schon längst alles erledigt hatten.

Sri Lanka – nicht mehr Ceylon, auch wenn der Tee
nach wie vor unter dieser Herkunftsbezeichnung ver-
kauft wird – wartet.
Die Tage, da sich Singalesen und Tamilen die Köpfe
einschlugen, da Buddhisten – gar nicht so friedlich,
wie es der Gründer der Religion forderte – auf Mos-
lems losgingen, sind (wenn man unserem Reisefüh-
rer Glauben schenken mag) vorbei, vielleicht stehen
sie auch noch bevor, im Augenblick ist alles ruhig und
eine uralte Kultur, eine tropische Landschaft in den
Niederungen, Plantagen im Hochland, das nebelver-
hangen Einheimische dazu bringt, sich in Daunenja-
cken zu hüllen, während sich der Durchschnittsmit-
teleuropäer in T-Shirt und Shorts bewegt, ohne zu
frieren, wartet darauf, gesehen, erkundet bestaunt,
erlebt, mit allen Sinnen – oh ja, auch Nase, Gau-
men und Ohren sollen daran beteiligt sein – erfah-
ren zu werden.
Oh yes, we are lucky people.

Eigentlich sind wir, zumindest für die nächsten paar Tage, Laki's people, denn „Laki" Lakishman, so heißt der kleine Mann,
der uns am Flughafen erwartet, unser Führer durch Biologie,
Geschichte und Geographie, durch örtliche Gepflogenheiten.

Aber wenn es schon so klingt, dann lasst es uns doch als
gutes Vorzeichen nehmen.

Schon der erste Stopp zeigt, wie anders doch durchaus bekannte und gewohnte Früchte schmecken, wenn sie nicht
unreif und grün auf die lange Reise nach Europa geschickt,
erst unterwegs unter kontrollierten (oder auch nicht wirklich kontrollierten) Bedingungen „fertiggemacht" werden,
sondern reif gepflückt in den Mündern und Mägen landen.

Wer bei uns hat schon einmal rote Bananen gegessen und
deren (angebliche) Wirkung erprobt?

Und schon der erste Regenschauer – nein, es ist noch nicht der demnächst zu erwartende Monsun mit seinem Dauerregen und Wolkenbrüchen, es ist ein ganz normales Gewitter – zeigt uns, was in den Tropen unter Regenschauer zu verstehen ist.

Sigirya – Weltkulturerbe und Pflichtbesuchsprogramm.

Trotzig und gleichzeitig majestätisch liegt der Felsen in der Ebene – gut, es gibt nicht weit weg einen zweiten, ähnlichen Felsen, der – ohne Eintritt zahlen zu müssen – einen ähnlichen Blick über die Landschaft bietet, der allerdings keinen Palast, keine Trutzburg trug, dessen Wände keine nackten Wolkenmädchen zieren, denen man ansieht, dass – auch wenn es selbstverständlich auf das Entschiedenste bestritten wird – sich die malerische Variante des plastischen Chirurgen an ihnen zu schaffen gemacht (wann auch immer) und den Busen entschlafft und gehoben hat und vor denen täglich Scharen von Touristen seufzend und hechelnd stehen, dies allerdings weniger der Darstellung weiblicher, halbentblößter Körper wegen, sondern den Mühen des Aufstiegs, womöglich in praller Sonne, deren Hitze, zurückgeworfen von den Felswänden, ihn gleich doppelt erfasst, geschuldet.

Dass da Gruppen junger Einheimischer nur darauf warten, fussmaroden, konditionsschwachen, womöglich auch noch übergewichtigen und somit für eine Besteigung des Felsens eigentlich vollkommen ungeeigneten Fremden, die da leise vor sich hinhechelnd an den Stufen – teilweise schon jenen des Anmarsches zum eigentlichen Felsen – verzweifeln, unter die Arme oder auch (so jung, weiblich und nicht ganz unansehnlich) ganz ungeniert ans Hinterteil – offiziell natürlich nur den Rücken – greifen, um sie zumindest bis zu den aus dem Stein gehauenen Löwenpranken zu ziehen, schieben, ihnen Luft zufächeln, sie umschmeicheln, antreiben – gegen entsprechend Bakschisch oder dessen singalesischem Pendant, um das dann auch ordentlich gefeilscht werden muss, selbstverständlich … „jo mei!", würde da wohl der Bajuware sagen, man muss ihre Dienste ja nicht in Anspruch nehmen, auch wenn es schwerfällt, als auserkorenes Opfer die Hilfe abzuwehren, eher mag das Kaninchen der Schlange entkommen, auch weil es sich trotz allem um eine mitteleuropäische Bagatelle handelt für die, die die Burschen ziehen, schieben, unterhalten … und außerdem erfährt man – wenn man sich denn mit ihnen unterhält, so man noch Luft dazu hat – einiges, was der Guide möglicherweise nicht erwähnt hat.

Dass dieses inzwischen zum UNESCO-Welterbe erhobene und ernannte Kulturdenkmal – eigentlich, wenn man die Geschichte verfolgt, ein Denkmal für Mord aus Staatsraison, Trotz, Intrige und schlussendlich Verrat und Sühne, die uneinnehmbare Festung, die ihren Erbauer und Besitzer doch nicht schützen konnte – eingebettet ist in eine wunderbar angelegte Parklandschaft mit diversen Wasserflächen, Steinmauern und Stufen, wird meistens vergessen, ob des Felsen, trägt aber ganz wesentlich dazu bei, einen umfassenden und bleibenden Eindruck zu vermitteln.

Allein der Weg durch den Park, vorbei an Bäumen, in deren „Höhlen" innerhalb und zwischen den Luftwurzeln sich ein Liebespaar, ohne sich irgendwie eingeengt fühlen zu müssen, ja, teilweise nicht einmal beobachtet, den weniger ayu- denn vedischen Spielen hingeben könnte, an Bassins, die, teilweise auch heute noch mit Wasser gefüllt, Elefanten zur Abkühlung dien(t)en, teilweise nur noch zu erahnen, allein dieser Anmarsch – zwischen (wie überall in der Welt anzutreffen) chinesischen Familien, bewaffnet mit Fotoapparaten, Mobiltelefonen an langen Selfie-Sticks und ehrwürdigen Damen im kunstvoll gefalteten Sari, deutschen Sandalisti und arroganten ehemaligen Kolonialherrn und -damen – bleibt in Erinnerung.

Der Weg über die Steinstufen und die extra angelegten Gitterrosttreppen sowieso (obwohl es einen Weg gibt, der weniger anstrengend zu bewältigen wäre, aber der ist – ein Schelm, der Böses dabei denkt – dem Rückweg vorbehalten, der dann selbstverständlich auch an diversen Ramsch- und Tandbuden, sprich Verkaufsständen, vorbeiführt, an denen der durch Hitze und Anstrengung kirre gemachte Besucher dann womöglich billigen Chinaimport für – für Landesverhältnisse – teures Geld als original und sicher handgefertigtes Kunsthandwerk erstehen soll).

Und über allem thront Buddha.

Allerdings nicht der fette, ausgefressene Gnom, den man aus Thailand und anderen Ländern Ostasiens sowie natürlich aus mitteleuropäischen Gartencentern kennt, wo diese im Schneidersitz hockende Monstrosität aus Plastik, Gips oder Bronze als unabdingbares Accessoire eines gepflegten Gartens – gemeinsam mit einer ebensolchen Venus von Milo und bestenfalls noch schon als zerbrochen hergestellten Amphoren und diversen Terracotta-Figürchen – angeboten wird, sondern eine schlanke Gestalt, stehend oder sitzend mit unterschiedlichen Handhaltungen, die jeweils bestimmte Bedeutungen haben oder auch – seltener und meist nur in Tempeln zu finden – liegend als Abbild des verstorbenen Menschen, als Zeichen dafür, dass er ins Nirvana gegangen ist.

Auch wenn er sich die Straße, an deren Kreuzung oder Kreisverkehr er für ein sicheres Leben der sie benützenden Menschen – egal ob per pedes, im Tuktuk oder sonst wie am Straßenverkehr beteiligt – sorgen soll (und wer den Verkehr erlebt hat, der weiß, wie dringend notwendig ein solcher Schutz ist), mit dem elefantenköpfigen Ganesha und anderen Hindugöttern, einer Moschee oder einer christlichen Kirche teilt, so bleibt er doch die dominierende, religiöse Erscheinung.

Das mag auch daran liegen, dass von keinem der anderen ein Zahn existiert, der tatsächlich verwahrt, zumindest theoretisch besichtigt, ja sogar angefasst werden könnte.

Theoretisch, wie gesagt.

Tatsächlich strömen die Massen, nachdem sie entsprechende Opfergaben dargebracht haben in einer langen Reihe – Prozession könnte man es nennen, wenn es nicht tagtäglich wäre –, angetrieben von den Mönchen, die dafür sorgen, dass der Strom nicht abreißt, aber auch nicht über die Ufer tritt, sprich weder sich zu große Lücken bilden, noch jemand durch unvermutetes Stehenbleiben Unordnung ins Gefüge bringt, an einem Fensterchen vorbei, hinter dem ein weiterer Mönch auf weitere monetäre Opfergaben wartet und das einen Blick freigibt auf einen goldenen Schrein, ein Kästchen, in dem sich dieser Zahn befindet (oder befinden soll).

Vom Zahn sieht man – nichts.

Dafür bekommt man von einem Mönch – im Idealfall gegen einen weiteren kleinen Obolus in Papiergeldform – ein weißes, gesegnetes Bändchen ums Handgelenk gebunden.

Und das – und die Blumengebinde und die Hallen und die Bilder und Statuen von Buddha in allen Stellungen und Lagen – reicht aus, um den Tempel des Zahnes in Kandy zu einem spirituellen Zentrum der gesamten Insel zu machen.

Kandy – letzte Hauptstadt eines singalesischen Königreiches, sprich jener Teil der Insel, der sich am längsten gegen die Eroberungsgelüste der Europäer, vor allem der Briten zu wehren verstand – verständlich auf Grund der geografischen Gegebenheiten, aber dennoch heute nicht viel mehr als eine „normale" Stadt auf Sri Lanka, eine Mischung aus kolonialen Hinterlassenschaften, Bauten, wie man sie überall finden kann und Häusern, besser gesagt Hütten im landestypischen Baustil, den man gesehen haben muss, um es zu glauben.

Wie gesagt, wäre da nicht der „temple of the tooth", der die Stadt über andere hebt.

Und es ist der Ausgangspunkt für den unvermeidlichen Trip zu dem, wofür man in unseren Gefilden die Insel kennt, spätestens seit es sich die Briten als Sieger und Besatzungmacht ganze zehn Jahre lang gemütlich gemacht hatten – have a cup of tea, my dear.

Wer die Möglichkeit hat, nehme die Bahn, doch auch die Straße ins Hochland hat ihre Reize, vor allem, wenn man in einem sicheren Reisebus unterwegs ist und sich nicht die Survival Tour mittels Tuk-Tuks oder öffentlichem Bus zumuten möchte.
Gemächlich zuerst beginnt die Straße zu steigen, dem Tal folgend, ehe dann die ersten Serpentinen Erinnerungen aufkommen lassen – fast schon fühlt man sich ein wenig wie zu Hause.

Und dann steht er am Straßenrand, einen Strauß Blumen in der Hand.

Den würde er gerne den Insassen des Busses verkaufen, allein, es bietet sich für den Fahrer keine Möglichkeit anzuhalten.

Macht nichts – während der Bus um die Kehre kurvt, nimmt er die Direttissima und steht schon wieder da, aufgeregt winkend.

Allein, es bietet sich auch jetzt nicht die Möglichkeit ...

Das Spiel wiederholt sich noch einmal.

Und da entschlüpft mir der folgenschwere Satz: „... und wenn der nach der nächsten Kehre wieder dasteht, kauf ich ihm den ganzen Buschen ab!"

Dreimal raten gefällig?

Auch wenn ich das Gefühl hatte, als ob unser Fahrer urplötzlich keinen höheren Gang einlegen konnte als den ersten ...

Da stand er doch tatsächlich, das Gesicht mindestens so rot wie die Blumen, Hibiskusblüten, fein säuberlich auf Draht gebunden, wie sich zeigen sollte.

Und – siehe da – plötzlich fand der Bus auch eine Stelle, um anzuhalten.

Und selbstverständlich stand ich zu meinem Wort – die Damen im Bus waren erfreut, der Flowerman wohl ebenso, dass sein Berglauf über geschätzte zweihundert Höhenmeter doch noch belohnt ward und für mich blieb etwas für das Karma und das Lächeln der Frau Gemahlin.

Und dann – eigentlich unmerklich zuerst, denn es könnte sich auch um eine niedrige, immergrüne (gut, was ist dort nicht immergrün) Begrenzung am Straßenrand handeln – sind sie da.
Jene Büsche, denen das Land lange Zeit seine Bedeutung und seine Bekanntheit verdankte.
Tee.

Ab jetzt werden die teebuschbepflanzten Hänge das Bild der Landschaft prägen. – nicht terrassiert, wie man es vielleicht annehmen könnte, damit jene Frauen, die als weiße mehr oder weniger große Punkte im Grün des Hanges auszumachen sind (das Weiß stammt von den Säcken, die sie auf dem Rücken tragen, um darin – two leaves and a bud – die handgepflückten Blätter zu verstauen), es einfacher hätten, nein, der Platz zwischen den Buschreihen muss reichen. Dazwischen die Verarbeitungsanlagen, wo aus den Blättern das entsteht, was wir kennen – in den unterschiedlichsten Qualitäten von grün bis fertig fermentiert – und, meist etwas abseits der Dörfer der Pflückerinnen und Arbeiter, blumengeschmückte, mit Gärten und Rasenflächen umgebene „Herrenhäuser". Ich habe keine Ahnung, wer jetzt darin wohnt, jetzt, da die einstigen Herrn schon längst nicht mehr Eigentümer sind, bestenfalls Aktionäre der Gesellschaft, die ihren Sitz meist in Colombo oder London oder immer häufiger irgendwo in China hat.

(Nicht, dass die Chinesen selber nicht genug Tee hätten, aber wie sagte schon dereinsten Konfuzius, oder war es doch Herr Deng Xiaoping oder wer auch immer – der große Vorsitzende war es jedenfalls nicht:

„Kaufe Company und Technologie in der Zeit, dann hat bestenfalls der andere Not" oder so ähnlich.)

Natürlich wird eine solche Anlage besichtigt, wird der Weg der Blätter vom Busch über die Trocknung, Fermentierung, Sortierung … verfolgt, ehe der Tee verkostet wird.

Auch wenn man dem pauschal Reisenden nicht die
beste Qualität kredenzt – das alte Lutherwort von
den Perlen und … scheint sich bis ins Sri Lankani-
sche Hochland verbreitet zu haben – ist diese so, dass

*man zu Hause dafür ein Spezialgeschäft aufsuchen
müsste und reichlich Kleingeld ausgeben.
Von der käuflich zu erwerbenden Top-Qualität gar
nicht erst zu sprechen.*

Und dann bist du im Hochland und merkst am eigenen Leib,
warum die Engländer dieses so sehr schätzten.

Während Laki, wie angekündigt und von uns mit ungläubigem
Staunen zur Kenntnis genommen, ob der für ihn ungewohn-
ten kühlen, ja fast schon arktischen Temperaturen tatsächlich so etwas wie eine Daunenjacke trägt, atmet der normale
Mitteleuropäer einmal ordentlich durch – es hat knapp über
zwanzig Grad und du siehst die Cottages und Häuser und ver-
stehst, warum man von „Little Britain" spricht und warum
dies ein bevorzugter Rückzugs- und Aufenthaltsort der weißen Eindringlinge war.

Gut, dass die abgestellte Lokomotive am Bahnhof von Nuwa-
ra Eliya dann auch noch so etwas wie ein Schneeschild vorne
montiert hatte, kann wohl nur mehr mit britischem Humor,
sicherlich aber nicht mit den tatsächlichen Gegebenheiten,
erklärt werden – immerhin fehlen doch einige Höhenmeter
zum Schnee am Kilimanjaro (zugegeben, der befindet sich
nicht auf Sri Lanka und selbst wenn, wäre dort oben keine
Eisenbahn, nicht einmal in der Phantasie des alten Mannes,
dem auch ohne Meer irgendwann die Stunde ... aber lassen
wir das).

*Doch begeben wir uns von den – manchmal doch
auch nebelumwehten – Höhen wieder zurück in tro-
pischere Gefilde und wenden den Blick von der Flo-
ra zur Fauna.*

Selbstverständlich gehört eine Safari zu den „big five" der Insel, sprich eine Jeep-Tour in einem der Nationalparks, mit zum Pflichtprogramm, auch wenn dir keiner garantiert, dass du alle fünf auch tatsächlich zu Gesicht bekommst, schließlich ist das hier kein Zoo und keine Tierschau, wie sie einst – mehr oder weniger als Rahmenprogramm und zusätzliche Einnahmequelle – vom fahrenden Zirkus, wenn er denn in der Stadt war, dargeboten wurde und die dereinsten (zumindest noch für meine Generation und gerade noch die eine nachfolgende, wenngleich da teilweise – nicht von den Kindern, den ganz kleinen, die standen da mit großen Augen und offnen Mündern, sondern eher den älteren und den Eltern – schon mit einem nicht mehr ganz gutem Gefühl in der Magengegend von wegen artgerechter oder, besser gesagt, eben nicht artgerechter Tierhaltung) den ersten Kontakt – und sei es nur ein ganz vorsichtiger Blick zwischen den Beinen der beschützenden Erwachsenen hindurch – optisch, akustisch und durchaus auch olfaktorisch (man möchte gar nicht glauben, wie sehr diese Tiere riechen, um nicht zu sagen, stinken können) mit einer Tierwelt jenseits von Hund, Katz und Hamster ermöglichte.

Und um ehrlich zu sein: Auf den direkten Kontakt mit zumindest zweien davon – der Königskobra und dem Leopard (merke: there are no tigers in Sri Lanka, not even Tamil Tigers any more – angeblich), vor allem wenn dieser hungrig ist – kann der Besucher auch liebend gerne verzichten.

Dass frei streunende Elefantenbullen vermutlich die weit größere Gefahr darstellen, wird – zumindest vom unbedarften Europäer – ignoriert. Man nimmt zwar zur Kenntnis, dass im Dschungel die Hütten – so sie nicht ein ganzes Dorf bilden – vorsichtshalber als Baumhäuser in luftiger Höhe angelegt sind, aber das war's auch schon.

Bis plötzlich so ein Elefant einige Meter vor dem Bus aus dem Dickicht auftaucht, auf die Straße marschiert und der Fahrer lieber vorsichtshalber stoppt und etwas zurücksetzt – schön langsam, um ja nicht zu erschrecken oder Grund zu geben, aggressiv zu werden.

Im Nationalpark wissen die Elefanten genau, dass sie die Stars und auch die „Herrscher" sind, auch wenn Dutzende von Jeeps, gefüllt mit zahlenden Gästen, sich unerbittlich an ihre Fersen heften, um eben jene möglichst nahe an sie heranzubringen, sie aus möglichst großer Nähe betrachten, fotografieren, filmen zu können, reicht doch ein Schritt der Leitkuh auf die Fahrzeuge zu, dass sich diese zurückziehen.

Und das nicht nur aus Rücksichtnahme und weil der Park das Revier der Tiere ist, in dem der Mensch Gast ist, sich einzufügen hat, sondern durchaus auch aus praktischen Gründen – so ein Jeep ist schnell zerlegt, wenn eine Gruppe von sagen wir mal zwanzig Elefanten meint, er sei im Weg (von den im Jeep befindlichen Personen wollen wir jetzt einmal lieber gar nicht reden).

Da wäre es wohl schnell vorbei mit den Begeisterungsausrufen, dem „Schau, wie süüüüüß ...", auch wenn der Anblick des – vermutlich – gerade geborenen Elefantenbabys, das von Mutter und Tanten sorgsam, geradezu zärtlich aufgerichtet wird, gestützt, immer wieder hochgehoben, weil noch sehr wackelig auf den Beinen, nicht nur den Muttertieren unter den Betrachtern die Rührung ins Gesicht treibt.

Und so hat sich offensichtlich eine Art von Waffenstillstand und Symbiose gebildet, die einen sorgen für die Sicherheit vor Wilderern und eine intakte Umgebung, die anderen lassen sich – solange es nicht zu viel wird – dafür beobachten, fotografieren und filmen.

Doch wenn es reicht, reicht es.

Und wenn sich die Leitkuh in Richtung Jeeps dreht und auffällig-unauffällig mit dem Vorderfuß zu scharren beginnt, dann wissen die Fahrer, dass es Zeit wird, die Herde ziehen zu lassen und besser nicht im Weg herumzustehen.

Dass man auf der Fahrt über den See versichert bekommt, da drinnen wären nur kleine Krokodile und dass man in der Krokodilfarm (Aufzuchtstation ist wohl die korrektere Bezeichnung) ein Babykrokodil auf den Kopf gesetzt bekommt, weil es nicht einmal noch Zähne hat und auch sonst vollkommen harmlos ist, beruhigt ungemein, solange man nicht darüber nachdenkt, dass irgendwann alle Krokodile – auch die größten und bissigsten – einmal klein waren, ehe sie groß wurden.

Doch Buddha, Ganesha, Shiva, der Prophet und auch unser eigener Gott mit seinen Heiligen und Schutzengeln, vor allem aber das lokale Board of Tourism haben schon ein Auge, zumindest einen Seitenblick aus dem Augenwinkel darauf, dass nichts passiert, und dass der Tourist – nachdem er die Schönheiten und die fünftausendjährige Kultur ausgiebig betrachtet und genossen hat, sich kulinarisch hat verwöhnen lassen und sein Geld in Edelsteine, ayuvedische Geheimtinkturen und Souvenirs umgewandelt hat (ohne daran zu denken, dass sowohl die Schmuckmanufaktur, der Kräutergarten als auch der Souvenirstand und das Hotel einer chinesischen Unternehmenskette gehören könnten und dies auch oft genug tun) – wohlbehalten, braungebrannt und durch Unmengen von Schweiß von innen heraus gereinigt das Land wieder verlassen kann, dass er die Stufen zum Nirvana der Mönche zwar emporgestie-

gen ist, sie aber schlussendlich ihn auch wieder he-
runtergebracht haben, er also doch wieder heil und
sicher im Hier und Heute ankommt.

Denn es mögen tausend Stufen sein, es mögen tausend Leben sein, die der Mensch hinter sich bringen muss, um sein
Karma zu reinigen, seine Seele dazu zu bringen, ins Nirvana zu gehen, allein diese Stufen geht man – im Gegensatz
zur touristischen Besichtigung von Tempeln und sonstigen
Must-sees und egal, ob dort oder hier – nicht mit den Füßen.

Und irgendwie wäre es nicht günstig – weder für den Touristen
selbst, noch für die Fremdenverkehrsindustrie des Landes –,
wenn man ausgerechnet dort und dann die nächste Stufe der
Inkarnation erklimmt, den Schritt ins nächste Leben macht.

I wie Ikarus

„Spring endlich, du feige Sau!"

Sogar noch hier oben war dieser Ruf, diese Aufforderung, es doch endlich zu Ende zu bringen, zu hören.

Irgendjemand tief unten konnte es wohl gar nicht mehr erwarten.

Langsam tastete sich der Blick nach unten.

Verschämt, so als ob er Angst hätte, zu schnell zu stark angezogen zu werden von der Tiefe.

Mein Gott, was mache ich eigentlich hier oben?

Ist es denn das alles wirklich wert?

Gibt es denn keine andere Möglichkeit?

Jetzt nicht mehr, das wusste er.

Er hatte das Schicksal, er hatte die Götter herausgefordert und jetzt ...

Ikarus.

Du wolltest den Himmel stürmen, hoch, immer höher.

Bruchstückhaft, wie Luftblasen im trüben Wasser nach oben steigen, kamen Erinnerungsfetzen, Bilder, Geräusche, ja, sogar so etwas wie Musik klang in seinen Ohren.

Und er stand da, angestrahlt von einer milden Abendsonne, ein leiser Windhauch strich durch das dünn gewordene Haare, umschmeichelte die nackten Arme, und er wusste, es gab keine andere Möglichkeit.

Er war schon einmal da gestanden.

An genau dieser Stelle.

Damals war er noch so viel jünger gewesen, sensibler vielleicht, weiser möglicherweise, radikaler und konsequenter im Denken sicherlich. Was war daraus geworden, was war aus ihm geworden, wie sehr ähnelte er noch dem, der er damals war, wenn er an all die Kompromisse, all die großen und kleinen Dummheiten, Unsinnigkeiten dachte, die er seit damals gemacht hatte, in dem, was man Leben nennt.

Und auch damals wäre es nur noch ein einziger, kleiner Schritt gewesen, den er dann nicht gemacht hatte.

Er wusste nicht mehr, warum er damals gekommen war.

Pubertäre Phantasien, nebulöse Empfindungen, ein Anfall von Wahnsinn, wie er in jungen Jahren schon mal vorkommen mag.

Auf jeden Fall hatte er damals hinuntergeblickt und mit einem Schlag war ihm klar gewesen – nein, jetzt nicht und so nicht.

Still und leise hatte er kehrtgemacht, war zurückgegangen.

Und er war sich sicher, nie mehr hier zu stehen.

Nie mehr, aber „never say never again!"

Denn erstens kommt es anders, und zweitens als man denkt.

Vielleicht war es damals gewesen, als er begonnen hatte, die Mäander des Flusses seines Lebens zu begradigen, zu regulieren – seriös zu werden.

Seit damals war viel geschehen und das meiste davon war – objektiv, nüchtern und logisch betrachtet – gut.

Geplant, vorhersehbar, steuerbar.

Eine gerade, überschaubare Linie – der Highway des Lebens.

Gut, es war nicht immer die Überholspur gewesen, auf der er sich befunden hatte, das kann man ja ruhig zugeben, es war aber auch nie der Pannenstreifen. Ruhig, vorherseh-

bar, berechenbar ... nächste Beförderung in zwei Jahren ...
angekündigt, wie auf den großen Wegweisern, rechtzeitig,
lange vorher, sodass man sich ohne Hektik und in aller ge-
botenen Sorgfalt darauf vorbereiten konnte ... auch sein Pri-
vatleben, ein ruhiger Fluss, keine gefährlichen Untiefen, die
Stromschnellen waren schon längst durchquert, der Kata-
rakt überstanden ... ein sanftes Dahingleiten, gemütlich,
kommod, sicher ...

... und langweilig.

Irgendwann war sie dann da.

Überraschend und unerwartet.

Die kleine, nagende, heisere Stimme im Ohr.

„Das kann doch nicht alles gewesen sein!"

Er hatte versucht, diese Stimme zu ignorieren.

Es war doch gut so, er war doch zufrieden.

Doch die Stimme wurde immer lauter.

„Spürst du denn überhaupt noch, dass du lebst?

Wann hast du zum letzten Mal Schmetterlinge im Bauch
gehabt?

Wann bewusst den Geruch des Bettlakens wahrgenommen, nachdem du es am Nachmittag zerwühlt?

Nennst du das Leben?"

Und irgendwann hatte er eingesehen, dass – vielleicht nur,
aber wenn doch, dann wäre es doch wirklich schade, nicht
darauf gehört zu haben – die Stimme recht haben könnte.

Dass dieses Leben ihm mehr zu bieten haben musste.

Und er begann, kleine, verrückte Sachen zu machen.

Er klappte das Visier hoch.

Er beschloss, die Autobahn zu verlassen und auf den kleinen Nebenstraßen seinen Weg zu suchen.

Er stellt seine Antenne auf Empfang, er wechselte den
Sender.

Und seine Umgebung?

Die einen redeten von Krise, von „burn out". Hielten es für einen vorübergehenden Zustand, ähnlich einem Schnupfen, einer harmlosen Infektion, die ein gesundes Immunsystem schon ohne weitere Unterstützung überwinden werde.

Die anderen wiederum – Verständnis wäre vermutlich das falsche Wort, laissez-faire, wenn's der Körper verlangt ... und schließlich war er ja alt genug, oder?

Und da war dann noch DIE eine Sache, die musste erledigt werden.

Eine Konfrontation, eine Entscheidung, der er schon viel zu lange aus dem Weg gegangen war.

Die er zurückgedrängt, verdrängt hatte, so weit, dass er sie zwischendurch selbst nicht mehr wahrnehmen hatte können.

Aber sie war da.

Und wartete.

Und nun stand er da.

Er wusste, dass sie ihn nicht verstehen würden.

Er wusste, dass es keinen objektiven, vernünftigen und logischen Grund gab, warum er dies hätte tun sollen. Er wusste, sie würden den Kopf schütteln und sagen, dass sie dies nicht vorhersehen hätten können, niemals erwartet hätten.

Wie auch?

Warum auch?

Egal.

Ein kleiner Schritt für einen einzelnen Mann ...

Er wollte die Augen nicht schließen, jetzt wo er diesen letzten entscheidenden Schritt machen würde.

Er breitete die Arme aus und ließ sich fallen.

Der Aufprall.

Er war überrascht.
So hart hätte er ihn sich nicht vorgestellt.

Und während er langsam tiefer sank, um dann dem großen, hellen Licht entgegenzuschweben, konzentrierte sich all sein Wollen, all sein Denken und all sein Fühlen zu einem einzigen ...

„Nie wieder Sprungturm!"

Ein Splitter stiller Zeit

Die Dunkelheit des Abends hat sich – wie üblich um diese Jahreszeit schon sehr früh – über die Dächer gelegt; zerrissen von den Lichtern der quer über die Straßen gespannten Sternen, Glocken und anderer Symbole, von Lichtlein, die das Auge, die Gemüt und Herz erfreuen sollen, hockt sie trotzig auf den Giebeln und wartet.

Schneefall hat eingesetzt.

Leise, leicht und ihrer Gesamtheit doch gewichtig – wie die Zeit, die einzelne Sekunde vergeht so schnell, dass man sie kaum wahrnimmt, sie vergisst, ignoriert – und doch ergeben all diese unbeachteten Sekunden, diese Augenblicke – egal ob solche, die man nicht einmal bewusst wahrnimmt, oder jene, seltenen, zu denen man wie weiland Faust, der daraufhin seinen Pakt mit des Pudels Kern, Mephistopheles verloren hätt', sagen möchte: „Verweile doch ..." – ein Jahr, ein Jahrzehnt, ein Leben ... – legen sich die Flocken auf Bäume, Telegrafendrähte, auf deine Schultern, beginnen einzuhüllen, dämpfen die Hektik, alles wird ein wenig leiser – abgesehen vielleicht von den Begeisterungsschreien der Kinder, die darauf gewartet haben, dass es endlich so weit sein würde – die weiße Schicht (Pracht nennt man sie gemeinhin wohl in jenen Gegenden, die davon leben, dass wildfremde Menschen mehr oder weniger vergnügt und mehr oder weniger von der Geschwindigkeit, dem Erlebnis an sich oder dem zuvor auf der – ganz zufällig neben der Piste aufgebauten – Hütte konsumierten Jagatee – der heutzutage ohnehin meist bereits als fertige Mischung nur noch heiß gemacht werden muss und dementsprechend standardisiert schifahrergeeignet sein sollte, alkoholreduziert oder -frei, im besten Fall so, als hätte man die Schnapsflasche zum Kennenlernen daneben hingestellt und das war's dann auch schon – euphorisiert und, wenn es denn so sein muss, bis zur bitteren Neige des Gipsverbandes oder schlimmer auf ihr die Hänge hinunter-, teilweise rasen, teilweise rutschen), das Leichentuch der Natur, das alles ein wenig ausgleicht, gleichmacht, wird langsam aber stetig dicker.

Du bist unterwegs.

Es ist noch gar nicht so lange her ...

... da warst auch du ein Teil der drängelnden, hektischen dahinhastenden Menge, den Blick gerichtet auf Angebote, Preise, kein Auge für irgendetwas abseits – keine Zeit, tut mir leid, aber du weißt ja, es ist noch so viel zu erledigen, das und jenes noch zu besorgen, sicher, wir telefonieren und wenn der ganze Wirbel dann vorbei ist ... ach ja und falls wir uns nicht mehr sehen bis dahin, jetzt schon die besten Wünsche für dich und ...

... da warst du mitten in einer dieser unvermeidlichen, zur Zeit gehörenden – wie der Duft nach Punsch und Bratäpfeln, hätte jetzt wohl ein unverbesserlicher Romantiker oder Träumer fortgesetzt, doch die Realität ist schon längst eine andere geworden, Langos und Döner haben die Geruchsvorherrschaft angetreten, vermischt mit dem Odeur von Glühwein, Rum und Weihrauch, der vom Esoterikstand herüberweht – Feiern, viel Punsch, viel Schnaps und viel Spaß (zumindest das, was man halt so unter Spaß versteht – selbstverständlich alles im Rahmen und nie unter der Gürtellinie, nur wo ist diese, wenn die Hose hinuntergelassen, der Gürtel um die Knöchel schlenkert).

Du bist gegangen, grußlos, still und unbemerkt, in jenem Moment, wo niemand dich mehr vermissen würde, die laute, grölende Runde sich – nach einem letzten Crescendo – begann aufzulösen in einzelne, mehr oder weniger leise vor sich hin saugende Schwämme, in Lippen, Hände ... die morgen keine Erinnerung mehr haben werden, daran, wo sie überall – oder doch nicht – gewesen.

Langsam, vorsichtig sucht ein Auto seinen Weg. Im Kegel der Scheinwerfer – weiß, grell, durchdringend – tanzen die Flocken. Der Schneefall ist dichter geworden, die Schneeflocken auf deinem Kopf schmelzen nicht mehr sofort – es sieht aus, als ob sie versuchten, dir ein weißes Häubchen zu verpassen, ehe sie sich dann doch auflösen und – wie Tränen – über dein Gesicht laufen, in den Kragen ...

Was würde er wohl sagen, wenn er sehen könnte, was aus seinem Feiertag, seinem Geburtstag – wenn auch nur dem sozusagen offiziellen, von den Oberen, den Managern des Glauben an diesen Termin geschoben, jenem, an dem die Heiden, die Ungläubigen, Barbaren, die noch zum Licht, zur Wahrheit zu Bekehrenden ohnehin schon ihr Fest feierten – geworden ist, wäre er ihn mitgegangen, hätte er ihn mitgetragen, den Weg vom Stall in den Glaspalast des Einkaufszentrums.

Wäre er mittendrin in der Menge, ebenso aggressiv, mit hektischen Flecken im Gesicht, voller Panik, dass jemand womöglich schneller sein könnte, vor ihm zugreifen, das Schnäppchen wegschnappen – auf der Suche nach dem Ultimativen, dem Trend einen Schritt voraus, dem teuersten, trendigsten, ultramegacoolsten ... – stünde er mitten in der Gruppe am Punschstand, unter jenen, die sich krampfhaft am Becher festhalten, weil der Boden unter ihren Füßen schon längst nicht mehr sicher und fest erscheint ...

Würde er diesen Tag einfach ignorieren, was auch nicht verwundern könnte, vor allem, wenn man schon so viele dieser Tage gefeiert hat und einem durch jeden einzelnen dieser Tage nur umso klarer wird, dass man schon lange jenseits der Grenze angelangt ist, bis zu der man als jung, dynamisch, attraktiv gilt.

Oder würde er dagegen ankämpfen, demonstrieren, als Rufer in der Wüste – Erfahrung auf diesem Gebiet könnte er ja vorweisen –, womöglich – wie in den Karikaturen – mit einem Plakat an einer langen Stange, auf dem zu lesen wäre: HALTET EIN oder sonst ein Slogan, den jede Werbeagentur wegen Abgedroschenheit und Unwirksamkeit tunlichst vermeiden würde; hätte er resigniert, sich verbittert zurückgezogen, nur noch wartend auf jenen Freitag auf Golgatha, ihn herbeisehnend damit endlich alles vorüber ...

Oder verhandelte er schon längst mit dem Big Boss, dem Vater, darüber, die ganze Angelegenheit – wegen nachweislicher und nachgewiesener Sinnlosigkeit – möglichst rückwirkend – außer Kraft zu setzen, den Vertrag, den Bund zu lösen ... und was wäre dann?

Ein frecher Tropfen rinnt deine Nase entlang und plötzlich merkst du, dass du – wer weiß, wie lange schon – stehengeblieben bist, an einen Laternenmasten gelehnt lässt du die Gedanken kreisen, aufsteigen wie Luftballons und zerplatzen.

Du reißt dich los und stapfst weiter – es ist noch so viel zu tun, noch so viel zu erledigen, vorzubereiten, denn morgen, ja, morgen, Kinder wird's was geben.

Ein weiterer kleiner Einschub – zum besseren Verständnis
(und auch dieser wird vermutlich nicht der letzte sein)

Wie vielleicht schon in einem der vorigen Texte oder was auch immer es sonst noch gäbe an passenden literarischen Kategorien, wobei die Sache mit den Kategorien, den Schubladen ohnehin eine ist, die mir ausgesprochen zuwider – nicht mehr und nicht weniger, kein Wort, kein (Ab-)Satz, nichts erhebt Anspruch darauf, mehr zu sein als Gedanken (ob unbedingt notwendig und derart, dass die Welt ohne sie ärmer wäre, sei dahingestellt, sie wurden es und somit zählt und wirkt die „normative Kraft des Faktischen" – mein Dank für diese grenzgeniale Formulierung geht an den verblichenen, ehemaligen Verteidigungsminister der Republik Österreich der späteren Achtzigerjahre des vergangenen Jahrhunderts – R. Lichal, Vorsitzender der niederösterreichischen sogenannten „Stahlhelmfraktion" – warum wohl –, einer damals noch mit der Farbe Schwarz in Verbindung gebrachten, heute türkis eingefärbten Partei), die zu Papier gebracht wurden – aufgefallen sein könnte, passiert es zwischendurch, dass sich Gedanken ausbreiten und mit ihnen auch die Sätze, in denen sie dies tun – sprich, die Länge der Sätze übersteigt deutlich das Maß, über das sich (noch) begeisterungsfähige Jungpädagogen bei den Ergüssen zukünftiger Mitglieder unserer Gesellschaft freuen. (Gut, die freuen sich – zugegeben regional unterschiedlich – teilweise schon darüber, dass manchmal Wörter zwar möglicherweise nicht orthografisch hundertprozentig korrekt, aber doch wenigstens erkennbar und lesbar niedergeschrieben werden.)

Und dies nicht erst seit eben.

Dieser fatale Hang zum – ich kann nichts dafür, das Ding heißt wirklich so – Schachtelsatz, auch wenn mir der Zusammenhang mit der etwas despektierlichen Bezeichnung für leicht angegraute weibliche Wesen nicht vollkommen klar ist, es mag zwar sein, dass diese viel reden (es hieß – und ich bitte, ehe selbsternannte Nachfolgerinnen der Möwen, die da alle aussahen, als hießen sie „Emma" – wer weiß, woher dieses Zitat stammt, vor dem oder der ziehe ich meinen imaginären Hut ganz tief – spricht von Frau Schwarzer und Genossinnen oder aber Damen aus der Fraktion der „MeToo" – wobei ich mir manchmal noch immer nicht sicher bin, ob dies nun als „Ich auch …" als Feststellung, dass eben auch etwas zugestoßen sei, damals vor vielen Jahren, aber jetzt muss es raus, oder „Mir auch …", also als Bestellung zu sehen ist – vor allem aber liberalste – kommt vom lateinischen Wort liber – das Buch, weil angeblich des Lesens mächtig – Gegenderte mich an den nächsten imaginären Laternenmast wünschen, die Zeitform ganz besonders zu beachten – zwar dereinsten „Ein Mann, ein Wort – eine Frau, ein Wörterbuch") dennoch scheint dies doch etwas übertrieben.

Ja, ich weiß sehr wohl, dass diese Bezeichnung ihren Ursprung im Wort „verschachtelt", also ineinander verwoben, miteinander verknüpft, hat und dass aus diesem Grund es auch keines Deckels bedarf, damit der Satz vollständig sei, also dieses Nebeneinanderlegen von Gedanken, Gedankensprüngen, Assoziationen, das es manchmal – zugegeben – nicht gerade einfach macht, dem Sinn zu folgen, ja, ihn überhaupt zu erkennen, verfolgt mich schon seit meiner Schulzeit.

Und die ist – zumindest jene als Schüler – schon verdammt lang her.

Und er ist, war … auch eine Art von individueller Eigenheit, dem einen zum Genuss (wenn denn nicht die Gedanken derart Purzelbäume schlagen, dass kein gerader und auch kein ungerader, vor allem aber kein sinnvoller Satz mehr daraus werden kann), den anderen zum Spott und zum Leid, zumindest aber stillem Erdulden, so sie sich denn damit befassen müssen (wer dies freiwillig tut, hat kein Mitleid verdient und meinem ehemaligen Deutschprofessor vergönn ich es heute noch – man hat ja sonst keine Rachemöglichkeiten, abgesehen von der Variante, eines späteren Abends in einer finst'ren Gasse ... ich hätte sogar Mitschüler gehabt, die sich anboten, den Herrn festzuhalten).

Das ging einmal so weit, dass ein Freund einen Schachtelsatzwettbewerb ins Leben rief – etwas, das ich mir selbstverständlich nicht entgehen lassen konnte.

Dass sich außer mir nur noch zwei weitere – gute Bekannte – Menschen fanden, die sich über ein derartiges Wortkonvolut hermachen würden, wusste ich zu dem Zeitpunkt nicht – es wäre mir vermutlich auch egal gewesen – und minderte die Freude, den Ehrgeiz nicht im Geringsten.

Wohl denn, lasset uns zu einer ganz besonderen Stelle gehen, dorthin, wo ein ganz besonderes Pflänzlein wohnt im sonnenbeschienenen Garten auf der Insel der Götter, deren Bewohner – niemals vergessen – behaupten, dass sie alle, ausnahmslos, lügen.

Schachtelohnedeckelsatz

Präludium (Ein Satz – 146 Worte)

Ein Freund hat also, wohl weil ihm ein kleiner Schalk einen Floh ins Ohr oder sonst wohin gesetzt hat, einen Schachtelsatzwettbewerb ins Leben gerufen, auch, um einen – wiewohl Eigenlob angeblich und sprichwörtlich stinkt, sei es dennoch erlaubt, dies hier so deutlich anzumerken – zumindest seiner und des Schalkes Meinung nach „Meister dieser Form der schriftlichen Kommunikation" (was, so ganz nebenbei angefügt, ja nicht unbedingt ein Qualitätsmerkmal sein muss, denn was hat man/frau von den schönsten Gedanken, wenn sie derart kompliziert und verdreht, sich selber in den Schwanz beißend, zu einem wirbelnden Kaleidoskop ohne Anfang und Ende werden, dass man sie nicht mehr nachvollziehen kann) zumindest vordergründig und auf den ersten Blick (was ein zweiter, dritter Blick an das Licht des heute noch jungen Tages zerren könnte, darüber breiten wir lieber den Mantel des Schweigens) zu ehren oder aber, auch das wäre durchaus möglich, an seine Grenzen zu führen.

Intermezzo (in kurzen, verständlichen Sätzen)

Dieser Wettbewerb soll zeigen, wer denn nun von allen, die sich berufen fühlen, den am schönsten gedrechselten, verschnörkelten und dennoch nachvollziehbaren Schachtelsatz (mit und ohne Deckel, den eine Schachtel nun mal haben kann, aber nicht haben muss) konstruieren kann.

Noch dazu zu einem vorgegebenen Thema, was die Sache ja nicht unbedingt erleichtert.

Und mit einer ebenso vorgegebenen Mindest- und Höchstanzahl von Wörtern, die dieser Satz umfassen muss beziehungsweise darf.

Natürlich ist die Mindestanzahl mit 333 Wörtern nicht gerade gering – es soll ja doch eine gewisse Herausforderung darstellen (und wer sich darunter jetzt nichts vorstellen kann, aus welchem Grund auch immer – der Einleitungssatz umfasst – wie angeführt – 146 Wörter, wäre also für den Wettbewerb viel zu kurz).

Andrerseits ist die Obergrenze mit 999 Wörtern so gefasst, dass man innerhalb dieser Grenze wohl alle seine Gedanken unterbringen kann (auch wenn man sich da und dort möglicherweise dann doch ein wenig damit begnügen wird müssen, nur an der Oberfläche zu kratzen, anstatt – wie es der Zahnarzt oft und durchaus schmerzvoll vorzuführen versteht – in die Tiefe, zur Wurzel des Problems vorzustoßen) und es einem geübten, mitdenkenden Leser noch möglich sein müsste, dies auch nachzuvollziehen, ohne sich vollkommen in den Mäandern, den Seitentrieben, Nebenläufen, die sich entweder wieder zu einem mächtigen Strom vereinen oder einfach dort enden, wo die Gedanken des Lesers dann fortsetzen mögen, zu verlieren.

Damit soll auch eines klargemacht werden.

Wie so oft im Leben (und vor allem von jenen propagiert, die über eine derartige Qualität nicht verfügen) macht es nicht die Länge (allein), sondern vor allem die Fähigkeit, damit etwas Erfreuliches, Beglückendes zustande zu bringen, in unserem Falle einen Satz von vollkommener Schönheit und Eleganz, eloquent und wortgewaltig, der den Leser gefangen nimmt, mitreißt in den Strudel seiner selbst, um ihn am Ende auszuspeien, dastehen zu lassen, nicht wissend, wie er an diesen Ort (zurück-)gekommen, den Nachhall dessen, was er/sie erleben durfte, noch lange in der Seele spürend.

So, liebe Leute, sollte dieser Satz sein.

Und das Ganze selbstverständlich auch noch zu einem Thema.

Ich weiß nicht, warum sich der Auftraggeber den guten alten Mr. Fogg, samt Passepartout und der indischen Prinzessin, zum Vorbild genommen und obendrein noch die Zeitspanne verlängert hat – das Thema jedenfalls lautet:

„In neunzig Tagen um die Welt."

Wohl an – möge die Übung gelingen.

Der Satz – exakt (laut Microsoft Word) 999 Wörter

Wenn einer eine Reise tut – so sagt man zumindest im Volksmund, der bekanntlichermaßen zwar nicht immer, aber doch sehr häufig recht hat und der unseren Politikern doch derart wichtig erscheint, dass sie ihm einerseits in den Arsch kriechen (wobei sich die nicht uninteressante Frage stellt, wie man – auch wenn man derart flexibel und an jede Situation anpassbar ist, wie es unsere Politiker wohl zumindest in ihrer großen Mehrheit sein dürften, auch wenn man ja offiziell dies nie definitiv behaupten sollte, schon aus rein juristischen Gründen nicht – einem Mund in den Allerwertesten kriechen kann) und ihm andrerseits vorsagen, was er zu sagen hat und der Volksmund, der blöde, hirnlose (na gut, wer hat denn schon je einen Mund gesehen, der über sein eigenes Hirn verfügt) plappert es dann nach, worauf sich die Damen und Herrn Politiker ganz glücklich und zufrieden und unter dem tosenden Applaus der Menge dann

endlich nach dem richten können, was sie selber wollen –
dann kann er was erzählen, zumindest aber könnte er wohl
einiges berichten von Vorbereitungen – wobei es weniger das
Packen der Koffer als Handlung an sich wäre, die da vermutlich unser Interesse weckte, sondern wohl eher schon die
Tatsache, was man in diesen packt, und warum man unbedingt neben einem Bunsenbrenner (man weiß ja nie, ob es
nicht doch sicherer ist, wenn man das Wasser, das man in
manchen Gegenden dieser Welt mehr oder weniger gezwun-
genermaßen – weil man halt nicht immer hochprozentigen
Alkohol zu sich nehmen kann, aus Gründen der Wahrneh-
mung, der Reaktion ebenso, wie der schlichten Tatsache, dass
es Gegenden auf unserem Globus gibt, und das ist jetzt kein
Gerücht, es gibt sie wirklich, und das nicht nur in angeblich „unterentwickelten, primitiven" islamischen Ländern,
sondern auch in tatsächlich „zurückgebliebenen, hinter-
wäldlerischen" Teilen der USA, wo dies schlicht und einfach
verboten ist, und selbst wenn man sich um dieses Verbot
nicht scherte, man bekäme dort einfach keinen Schnaps und
wenn, dann nur unter der Hand, selbstgebrannt, möglicherweise lebensbedrohlich mit Methylalkohol versetzt, und vor
allem sauteuer – zu sich nehmen muss, vorher noch abzu-
kochen und ebenso wenig, ob man immer und überall, wohin es einen auf dieser Reise verschlagen mag, auch elektrischen Strom, Wasserkocher und dergleichen Segnungen
der modernen Zivilisation zur Verfügung haben wird) auch
eine Kollektion verschiedenfärbiger Kondome (grüne etwa
für Irland oder auch – nur sollte man sich, wenn einem sein
Kopf auf den eigenen Schultern oder aber auch jener Wurm-
fortsatz, für den dieser Gummihandschuh gedacht, lieb und
teuer ist, lieber nicht dabei erwischen lassen – für islami-
sche Länder, rote – die Einschränkungen gelten hier vermutlich ebenso, wenn vielleicht auch nicht ganz so streng
und man wird vermutlich doch eher mit einer sauberen Pa-
trone im Hinterkopf rechnen dürfen – für die noch immer

kommunistischen Teile dieser Erde im fernen und fernsten Osten, wenn man denn Zeit und Nerven genug hat, nicht nur die Erben des Vorsitzenden mit dem berühmten, kleinen roten Büchlein, das seinerzeit auch bei uns zur Standardausrüstung progressiver Studentenkreise gehörte, zu besuchen, sondern auch den östlichen Angelpunkt dessen, was ein zwar unwesentlicher, aber nicht unwichtiger amerikanischer Cowboy als „die Achse des Bösen" bezeichnete, blaue, wenn man ins Kärntner Bärental gelangen sollte, was selbstverständlich nur dann möglich ist, wenn man die Hoden in braunen Loden zwängt ...) und dergleichen mehr packt, spätestens aber, wenn er denn diese Reise tatsächlich nicht nur angetreten, sondern – was heutzutage, in Zeiten von in Hochhäuser rasenden Verkehrsflugzeugen, in ganz normalen Lokalen explodierenden Bomben, von Kidnappern, die ausländische Geiseln nicht mehr deshalb nehmen, weil sie reich und berühmt sind und damit für ein entsprechendes Lösegeld gut, sondern allein schon deshalb, weil sie eben Ausländer sind (das mit dem „berühmt" machen dann die Medien ohnehin binnen kürzester Zeit, und es ist halt deren persönliches Schicksal, dass sie jene fünfzehn Minuten, die laut Andy Warhol, dem wohl bekanntesten amerikanischen Underground- und Popartkünstler des vergangenen Jahrhunderts – wer erinnert sich wohl nicht an seine Posterserie von Norma Jean Monroe, seine Suppendosen, aber auch daran, dass er Velvet Underground mitbegründet und mit seiner Factory das Herz der New Yorker Szene der Sechziger und Siebziger war – jedem irgendwann in seinem Leben zustehen, gerade in diesem Zusammenhang erleben müssen, dafür sind es meist mehr als eben jene fünfzehn Minuten, manchmal werden es Tage, Wochen und der eine oder die andere findet sich per omnia saecula saeculorum in den Annalen wieder – als gefallen im heiligen Befreiungskrieg, mit dem er oder sie nicht das Geringste zu tun hatte, zu tun haben wollte), in Zeiten allgemeiner Unsicherheit jenseits all der noblen, exquisiten und exklusiven all-inclusive Pauschalangebote – tatsächlich auch überlebt hat und heil wieder den eigenen, heimatlichen Boden betreten, in all den Tagen und Nächten (wir erinnern uns, die Aufgabe war es, innerhalb von neunzig Tagen um die Welt zu reisen, auch wenn es wieder einmal, und ich hoffe nur, dass dies keine Disqualifikation zur Folge hat, infolge der Reiserichtung von Westen immer der aufgehenden Sonne entgegen, nur neunundachtzig gewesen wären, wenn sich der Schreiber nicht dann noch einen Tag in der Stadt seines Ankunftsflughafens, die nicht sein Heimatort ist, das muss schon auch eindringlich festgehalten werden, aufhielt, er also noch unterwegs war) erlebt und gesehen hat, angefangen möglicherweise von den Minaretten, die seinerzeit aus der größten Kirche Ostroms, die größte Moschee des Osmanenreiches gemacht, von den staubigen Straßen Ostanatoliens, wo du allein bist zwischen Olivenbäumen, die ihre silbrig glänzenden Blätter nicht der glühenden Sommersonne entgegenstrecken, sondern ihr die Schmalseite entgegenstemmen, in der Ferne treibt eine schwarzvermummte Gestalt einen – soweit dies auf die Entfernung erkennbar ist – störrischen Esel den Weg entlang, vom Sonnenaufgang über dem marmornen Denkmal der Liebe über den Tod hinaus, während du dich umblickst und fragst, wo denn die grazile, goldbehängte Tänzerin, die sich dir nach einem entsprechenden Raga und zu seltsam anmutender Musik in die Arme und wohl auch an ..., von jenem Moment, da sich aus der staubig, rötlich-ockerfarbenen Einöde des Outback der Felsen erhebt, tiefrot in der untergehenden Sonne, vom gelben Licht am Mississippi wohl ebenso wie von den Nebeln, die um die Zinnen der halbverfallenen Burg irgendwo in den Highlands hängen, von Liebe, Freundschaft, Schönheit, Leid, Trauer, Tod ...

Finale furioso – wieder in normalen, einfachen Sätzen

... von all dem könnte einer wohl berichten, wenn er denn eine solche Reise tut, wie sie für diesen Wettbewerb – zumindest in der Phantasie – zu tun wäre.

Natürlich könnte er all dies auch in kurzen, einfachen Sätzen tun.

Und ebenso natürlich, wäre dann so manches verständlicher für den normalen, harmlosen Leser.

Doch, seien wir ehrlich!

Ist es immer und jederzeit das Einfache, Verständliche, Logische, Offensichtliche, was uns anzieht?

Eben!

Und noch ein kleiner Einschub

(und auch dieser wird vermutlich nicht der letzte sein)

Wer – und davon gehe ich denn doch aus, dass dies getan wurde und wird, denn ansonsten wäre die ganze Angelegenheit irgendwie sinnlos – den Anfang, die Einleitung des vorigen Kapitels, die zum kurzen Satz einer langen Geschichte genau gelesen hat, wird da eine Anmerkung zu einer in vielen anderen Ländern hochgeachteten Profession finden. (Bei uns eher weniger hoch, denn da meint jeder, der des aufrechten Ganges fähig – von Denken ist da noch lange keine Rede, auch wenn man sogar dem Stammvater des Orang-Utnig gewisse kognitive Leistungen nicht absprechen kann –, aus der eigenen Erfahrung abgeleitet, Experte für „eh alles" zu sein und seinen Mostrich dazuschmieren zu müssen und alles besser zu wissen.)

Und genau um diese Profession dreht es sich im nun Folgenden, genauer um das, was man den Menschen, die sich – aus welchen Gründen auch immer, sei es wahrer Idealismus, Berufung oder schlicht und ergreifend das Argument „Juli und August" – in den Dienst der hehren Sache stellen und oft genug verzweifelt (und fast ebenso oft vergeblich – je nach ethnischen, geografischen und soziologischen Hintergründen, auch wenn man das nicht laut sagen darf, ohne gleich als böser Rassist, Faschist oder sonst wie -phob abgestempelt zu werden und Lob aus der einen, falschen Ecke und massive Kritik bis hin zum Diskussionsverbot aus der anderen, ebenso falschen Ecke zu bekommen) versuchen, das Verbleiben im Analphabetismus zu verhindern, alles „zumutet".

Auch soll dieser kleine Einschub einen Warnhinweis enthalten, der da – analog zu derartigen Hinweisen auf Speiseverpackungen im Supermarkt, Speisekarten in Restaurants, wo man verpflichtet ist, darauf hinzuweisen, wovon sich Allergiker oder Allergisten jeglicher Fraktion – vom simplen Intoleranten bis hin zum bedingungslosen Anhänger, sorry, gendergerecht natürlich „zu* bedingungslosen Anhäng*" – die Universität, man lasse sich das auf der geistigen Zunge zergehen, die Universität Wien hat doch allen Ernstes vorgeschlagen und fordert dies fürderhin angeblich auch für sämtliche wissenschaftlichen Arbeiten, geschlechtsspezifische Suff- (das könnt man ja noch verstehen), Prä- und andere -fixe, Artikel, et cetera durch das geschlechtsneutrale Sternchen zu ersetzen – der neuen Weltrettungsreligion „Veganismus" (nicht lachen, ein Gericht in Großbritannien hat anno 2019 in einer Urteilsbegründung festgehalten, dass „vegan" eine Glaubensfrage, also quasireligiös sei) – besser fernhalten sollten – lautet:

„Kann Spuren von Wahrheit und Intelligenz enthalten."

Wer das nicht verträgt oder für wider seine Glaubensgrundsätze erachtet …

Feuer am Dach oder Wasser im Keller –

wer weiß das schon so genau

Wenn man mit offenen Augen und Ohren – vor allem Letzteres ist in den Jahren, seit dieses, ja, was eigentlich, manch einer wird es wohl als Pamphlet bezeichnen, andere wiederum als hellsichtige Analyse eines nicht unbedingt positiven Ist-Zustandes, ursprünglich geschrieben wurde (und unsereiner noch pädagogisch aktiv und somit direkt betroffen war), durch die zunehmende Verwendung von Ohrstöpseln, egal ob drahtlos, bluegetootht oder old-fashioned noch mittels Draht mit einem Musikausgabegerät, meist dem inzwischen unverzichtbaren Mobiltelefon, verbunden, ja nicht mehr gegeben und auch die Tatsache, dass manch einer in Laternenmasten lief oder einem LKW vor die Führerkabine, weil man ja möglicherweise etwas verpassen könnte, wenn man denn seinen Blick vom Display weg auf das wirkliche Leben richten würde – durch diese, unsere Zeiten schlendert, dann fallen einem – manchmal – Dinge auf, die die sogenannte Bildungspolitik meint, zur allgemeinen Erbauung, vor allem aber zur Verbesserung der schulischen Leistungen (zumindest aber der Darstellung eben dieser) vorschlagen, implementieren oder zumindest langatmig diskutieren zu müssen.

Nun mag es Menschen geben, die da sagen, dass in diesem Wort – Bildungspolitik – zwei unüberbrückbare Gegensätze zusammengespannt sind, es sich hierbei (ein wenig Klugscheißerei sei zwischendurch zur allgemeinen und persönlichen Erbauung gestattet) also um ein Oxymoron handle, was ich eher zu bezweifeln wage, denn laut landläufiger Definition müsste dafür dieser Widerspruch beabsichtigt sein, was er hier wohl nicht ist, es handelt sich ergo eher um eine „Contradictio in adiecto".

Dass allein in der Annahme, dass Politik, vor allem aber eine erkleckliche Anzahl derjenigen, die diese – zwar ohne intellektuelle Voraussetzungen erfüllen zu müssen, also nicht von etwas Erlerntem und mit einer entsprechenden Zertifizierung abgeschlossenen abhängige – Profession, oder sollte man eher von Tätigkeit sprechen, auszuüben vorgeben (die des Politikers wohlgemerkt, eine Tätigkeit, die ab einem gewissen Grad der politischen Bedeutsamkeit doch gar nicht so schlecht bezahlt ist, zugegeben, im Vergleich mit jenen, intellektuell meist mindestens noch einige Stufen darunter angesiedelte – doch, das gibt es – Menschen, die es schaffen, einen etwa fünfzig Zentimeter umfassenden Ball mit dem Fuß so zu treten, dass dieser schlussendlich zum Gaudium einer zahlenden Menschenmenge seinen Weg zwischen insgesamt drei – heutzutage meist aus Aluminium gefertigt und mittels Netz verbundenen – Pfosten – daher auch die Bezeichnung „Vollpfosten" finde, ist es eher mickrig, aber im Vergleich zum Durchschnittsbürger ...), auch nur in irgendeiner Form sinnvoll mit „Bildung" in Zusammenhang gebracht werden könnten, allein da liege– meinen sie – schon der berühmte Kern des Faust'schen Pudels im Pfeffer begraben.

Doch bleiben wir fair.

Wenn man, von mir aus auch frau, jetzt mit der Lupe und einem entsprechend hochempfindlichen Suchgerät ausgestattet, sich auf die Pirsch machte, könnte unter gewissen, glücklichen Umständen jemand gefunden werden – irgendwo, hinter den sieben Amtshäusern und Sitzungssälen, bei den sieben Spenden- und Spesenkonten, in südlichen Villen im vertrauten Gespräch mit möglichen, also potentiellen, womöglich auch potenten Oligarchen und deren Nichten und Neffen, Onkel und Tanten, zackzack verborgen und gut getarnt –, auf den diese Aussage nicht zutreffen mag, ja, möglicherweise, wenn man so viel Glück hat, wie es eben braucht, um einen fallenden Stern mit seinem Schürzchen aufzufangen, dies sogar mit Fug und Recht entrüstet von sich weisen darf.

Der Hinweis auf eine begonnene, ja, möglicherweise sogar abgeschlossene akademische Ausbildung soll hier nicht irritieren. Dieser Abschluss kann – natürlich nur rein theoretisch und auf alle Fälle gilt die Unschuldsvermutung – auch von einer dubiosen weißrussischen Universität gekauft sein, durch fleißiges Abschreiben und Kopieren erworben, mittels Ghostwriter … im Zweifelsfall ersessen, dem alten akademischen Spruche folgend „Wer inskribiert und nicht krepiert, der promoviert", auf alle Fälle ist dies kein Indiz dafür, dass derjenige oder diejenige (auch wenn sie nicht am Standesamt promoviert hat, also Dr. h. c. – husband catcher – ist, sondern durchaus selbst …) auch nur annähernd in der Lage sein muss, selbstständig oder überhaupt zu denken.

Und außerdem belegen ausreichend Beispiele der jüngeren Vergangenheit und möglicherweise auch Gegenwart, dass das Fehlen einer solchen Ausbildung grundsätzlich kein Hinderungsgrund für kometenhaften Aufstieg in den Himmel der politischen Bedeutsamkeit ist – ob man deshalb davor gefeit ist oder ob es womöglich sogar ein Vorteil ist, es nicht zu tun, nämlich zu viel, zu sinnvoll zu reflektieren, sei dennoch dahingestellt.

Ich will jetzt auch keinem, der sich diese Profession als die seine gewählt hat, der seine tiefste Erfüllung darin findet, dem Souverän zu dienen (und der Souverän sind wir – auch wenn wir manchmal so tun, als ob wir das selber nicht wüssten – und nicht die Partei, wie der eine oder andere annehmen könnte, wenn man den rasenden Aufstieg so manch hoffnungsvollen Jungspundes vom Parteisekretär bis in die lichten Höhen internationaler Kommunität verfolgt), mangelnde persönliche Intellektualität unterstellen.

Sie mögen ja durchaus klug und (bauern-)schlau sein, unsere Politiker.
In einer gewissen Weise müssen sie es sogar sein.

Nur – manchmal schaffen sie (wie gesagt, wir wollen nicht verallgemeinern, also einige von ihnen, soll es richtigerweise heißen) es doch derart perfekt, dies zu verbergen, dass man fast geneigt ist, sie zu fragen, was sie denn als Außenstehende vom Thema Intelligenz hielten.

Und sie unterliegen Zwängen.

Dem Zwang, dem Volk nach dem Mund zu reden, da dieses sie womöglich ansonsten gar nicht mehr lieb hat und – ogottogott, welch schrecklich Gedanke – womöglich nicht mehr wählt, die Partei nicht mehr wählt und Herr und Frau Politiker womöglich noch in einen „anständigen" Beruf zurückkehren müssten (so sie denn überhaupt einen erlernt haben, wenn nicht, wäre der Absturz fatal – vom Abgeordneten zu Arbeitslosen … quasi vom Sozialminister zum Sozialamt und nicht nur – wie mindestens ebenso böse Zungen manchmal postulieren „von der NMS zum AMS" – für nicht mit österreichischen Gepflogenheiten vertraute Menschen: AMS steht für Arbeitsmarktservice, also Arbeitsamt –, weshalb der Mittelschule der Zusatz „Neue" gestrichen wurde).

Also, schön brav U sagen, wenn die Partei und „das Volk" dir ein X zeigen und meinen, es sei aber trotzdem doch keines.
Oder, in Zeiten vierfarbiger und doch nur als unverbindliche Empfehlung zu verstehender Ampeln, vielleicht angebrachter: „Maske auf und durch!"

Den Zwängen eines Parteiprogrammes, einer Parteiideologie.

Die darf man zwar privatim und im trauten Zwiegespräch
mit dem eigenen Spiegelbild, nach einigen Gläschen, leise in
Frage stellen, nach außen aber ... Führer, Vorsitzender, Ge-
nosse, Parteiobmann (oder wie immer die diversesten – wer
will, mag jetzt für die eine oder andere Partei das „di" durch
„per" ersetzen, aber das ist jetzt nur ein Angebot, keine wie
auch immer geartete Verpflichtung – Parteien ihre Spitzen
zu nennen gewohnt sind), wir folgen dir.

Den Zwängen, die eine Gesellschaft in den Medien formu-
liert, jenen, die Zeitungen, Magazine, Fernsehsender mit und
ohne Bildungsauftrag, aber voller Sendungsbewusstsein und
dem Wissen um die Macht des Wortes und des Bildes, das –
egal wie verdreht, manipuliert, bearbeitet ... auch immer –
für bare Münze genommen wird.

...

Und was das Schlimmste daran ist – all dies kann sich nicht
nur ständig ändern, es tut es auch.

Was gestern noch richtig und vernünftig war (weil Partei
A das Sagen hatte und der Medienkonzern B dies lautstark
und massiv unterstützte), kann heute schon vollkommener
Schwachsinn und der Untergang des Abendlandes, der mul-
tikulturellen Gesellschaft, der bürgerlichen Grundrechte, ja,
sogar die Ursache für Klimaveränderung und Pollenallergie
darstellen (weil Partei C an die Macht gekommen ist und der
Medienkonzern B – frei nach dem Motto „Wes (Werbe)Brot
ich ess, des Lied ich sing!" – draufgekommen ist, dass eigentlich alles ganz anders ist, als es ist, und nunmehr scheint, als
schiene es doch ganz gleich.

Denn eines ist klar – bei Bildung, da kennen sie sich aus.
Die Damen und Herrn Politiker.
Die Damen und Herrn Redakteure.

Schließlich waren sie ja auch mal – zwangsläufig und ob gerne und erfolgreich oder weniger, hat jetzt, posthum sozusagen, schon überhaupt niemanden nicht zu interessieren – in der Schule.
Haben an der Brust der Alma Mater gesogen, können sich ein Bild machen.
Bild-ung.
Oder doch Bil-dung? (Diese Version der Trennung des Wortes lässt tief in die Köpfe so mancher blicken.)
Egal.
Bildung halt, was immer das auch sein mag.

Da geht es um die entscheidenden Dinge. Um die Suche nach Antworten auf die immer gleichen und essenziellen Fragen:

Wer bin ich?
Wo komme ich her?
Wo gehe ich hin?
Was gibt's zum Essen?

(Danke an A. Dorfer und J. Hader die genau diese Fragen in „Indien" stellen – übrigens, die Antwort auf die letzte Frage lautet: „Gulasch.")

Oder wenigstens:

Woher weiß ein Glatzkopf, wo er mit dem Waschen des Gesichts aufhören kann?
(M. Hauptmann)

Zumindest aber um die grundsätzlichen Kulturtechniken, wie Schreiben, Lesen, digitale Kompetenz und wo man sein Kreuzerl in der Wahlzelle zu machen hat.

Da wissen wir doch alle, was wie und warum laufen sollte. Nicht wahr?

Krank?

Jeder war wohl irgendwann in seinem bisherigen Leben schon mal krank.

Doch haben wir dann das dringende Bedürfnis verspürt, den Ärzten, den Krankenhäusern auch genau zu erklären, wie sie gefälligst was zu behandeln hätten?

Warum denn nicht?

Aha – das sind Experten, die werden schon wissen, was sie tun.

Da muss man nur darauf achten, dass die Rahmenbedingungen passen. (Na gut, inzwischen, wie man weiß auch nicht mehr, da gilt auch im Gesundheitsbereich das Primat der Politik, weil schließlich und endlich hat das virologische Quartett die Vernunft ohnehin mit dem großen Schöpflöffel eingefüllt bekommen.)

Ach was.

Und im Bildungswesen arbeiten lauter Vollidioten?

Da braucht es keine Rahmenbedingungen, die passen?

Da kann gespart werden, locker, flockig.

Da kann man Aufgaben übertragen, delegieren, mitbetreuen lassen?

All das, was unsere Gesellschaft für wichtig und notwendig erachtet, wofür sie aber (jetzt nicht als anonyme, verallgemeinerte Gesellschaft, sondern jedes einzelne Teilchen, jedes Mitglied per se und ad personam) keine Zeit, keinen Bock, kein … hat, soll die Schule übernehmen.

Und wenn etwas schiefläuft, dann hat sie wohl versagt.

Nein, nicht die Gesellschaft, nicht die Medien, nicht die Politik – nicht einmal die Eltern.

Die Schule hat versagt!

Der Sündenbock ist gefunden, die Schuldigen an den Pranger gestellt – das Bildungswesen gehört reformiert.

Radikal und sofort.

Je schneller und je tiefgreifender, desto besser.

Man weiß zwar nicht, wohin, Hauptsache, man ist schneller dort.

Der Wilde auf seiner Maschin' lässt grüßen.

Auf alle Fälle wird ja wohl noch von der Schule, von Bildungsinstitutionen (ich weiß schon, dass Bildung mehr sein muss als nur die Schule, lifelong learning, aber wie sagt das alte Sprichwort: „Was Hänschen …", und dabei geht es um die Grundlagen, ohne die alles weitere sinnlos, weil undurchführbar wird) verlangt werden können, dass sie sich einbringt.

Einbringt und ihren Teil leisten bei der Bewältigung der brennenden Fragen unserer Zeit.

Verhinderung der Klimakatastrophe – wer braucht Greta, wer meint, dass ein halber Tag pro Woche ausreicht, um die Zukunft zu sichern – Friday (vormittags, denn am Nachmittag ist Wochenende und damit chillen, streamen, in Grüne fahren, alternativ dazu im Winter schifahren, was ja bekanntlich auch ökologisch zwar nicht ganz unbedenklich, dafür aber volksökonomisch – zumindest in weiten Teilen Österreichs – ungemein wertvoll ist) for Future – wir haben doch die Schule, auch wenn manch einer meint, diese zu bestreiken und stattdessen sich von der Mama per SUV zu Demohappenings chauffieren zu lassen, löse das Problem ohnehin.

Gewaltprävention.

Krisenintervention, Beratung, Zuspruch, moralischer Halt.

Politische Bildung, um gegen die dumpfen rechten Glatzen zu immunisieren.

(Gegen dumpfe, linke, autonome Randalierer etwas weniger, denn die surfen irgendwie am Zeitgeist und schließlich, wer selber nie einen Pflasterstein geworfen, der wird auch später nichts im Leben – YES, Minister, NO –, zumindest nicht im Land der mütterlichen Raute, wenn auch – zugegeben – zeitlich vor dieser.)

Drogen und Suchtberatung, Suchtprävention.

Förderung individueller Anlagen und Fähigkeiten.

Das wird ja wohl kein Problem sein, in Klassen mit über dreißig Schülern, da bleiben ja immerhin pro Schüler – wenn man davon ausgeht, dass der Lehrer nichts vorzutragen, nichts beizubringen, zu lehren hat (nur, warum heißt er dann so?) und ergodessen die ganze Zeit der menschlichen Betreuung der hoffnungsvollen, vorbildgeilen, strebsamen Jugend widmen kann – 50 Minuten geteilt durch dreißig (ACHTUNG: Eine Minuten hat KEINE hundert Sekunden!!!), ganze einhundert Sekunden.

Das wird ja wohl reichen, denn immerhin hat der Schüler ja nicht nur eine Unterrichtsstunde am Tag, sondern deren im Durchschnitt sechs – also kommt er auf sechshundert Sekunden, das sind ja denn doch zehn Minuten pro Tag, also fünfzig Minuten die Woche und summa summarum, wenn man jetzt Ferien, Feiertage und dergleichen unliebsame Unterbrechungen des Schuljahres (das sind dann jene Zeiten, in denen die lieben Kinderleins den Eltern auf die Nerven gehen) abzieht, grob geschätzt 2000 Minuten oder ganze 33,33 Stunden im Jahr.

Da wird das ja wohl locker drinnen sein.
Die Liste ließe sich noch beliebig fortsetzen.

Wie, was?

Wann denn dann unterrichtet wird?

Wann denn all die essenziellen, wichtigen Themen besprochen, diskutiert, analysiert ... werden?

Wann lernen die Kids etwas?

Wann ist der Lehrer Lehrer?

Ja was denn – soll die Schule erziehen, gesellschaftliche Probleme aufarbeiten, verhindern, oder soll sie – pfui, wie reaktionär, ja geradezu faschistoid – den Schülern etwas beibringen?

Beides gleichzeitig wird – so sehr man sich auch bemüht, um den Spagat zu schaffen – nicht möglich sein.

Man wird sich entscheiden müssen.

Entscheiden zwischen
Lehranstalt (ein garstig Wort, ich weiß)
und
Erziehungsanstalt (auch kein schöneres Wort).

Man wird deklarieren müssen, was man will, denn Bildung ist nicht Erziehung.

Oder umgekehrt.

Erziehung ist nicht nur Bildung allein.

Schon gar nicht jene Bildung, die man widerwillig in sich hineindringen lässt, oberflächlich und bis zu jenem Termin, da dies abgeprüft, abgetestet ... wird, um es dann per omnia saecula saeculorem zu verdrängen.

Wenn man sich von Seiten der Politik dazu entschließt, das als Ziel vorzugeben – gut.

Wenn man sich von Seiten der Politik dazu entschließt, das als Ziel abzulehnen – auch gut.

Nur festgelegt, deklariert, niedergeschrieben und nachvollziehbar, kontrollierbar, evaluierbar gemacht muss es werden.

So ist und bleibt es ein Abschieben von Verantwortung, von Aufgaben an eine Institution, die eigentlich etwas anderes, und davon im Übermaß, zu tun hätte.

Sie waschen ihre Hände in Unschuld UND machen sich nicht einmal nass dabei.

Und man sollte – je nachdem, was man will, und ich gehe in meinem unermesslichen Optimismus davon aus, dass Sinn und Aufgabe der Bildungspolitik und damit der den politischen Wünschen „ausgelieferten" öffentlichen Institutionen ist und bleiben wird, die nachfolgenden Generationen auf die Anforderungen des Lebens vorzubereiten, Kulturtechniken beizubringen und doch irgendwie zu bilden – dafür auch die Rahmenbedingungen schaffen.

Und man sollte einige große Dinge gelassen aussprechen.

Demokratie und Mitbestimmung sind zwei gar unterschiedliche Paar Schuhe.

Und noch ein paar Binsenweisheiten:

> Lehrjahre sind keine Herrenjahre.
> Es kann nicht alles Spaß machen im Leben.
> Es gibt keine Rechte ohne Pflichten.
> Man bekommt nicht geschenkt.
> ...

Und man wird nicht drum herumkommen, Schule in der heutigen Zeit, neben allem Bildungsauftrag, als das zu sehen, was sie – nicht zuletzt durch unser aller Mittun, denn wir sind die Gesellschaft, wir prägen diese, unsere Zeit, mit unseren

Idealen, Vorstellungen und Einstellungen, wir alle zusammen (auch wenn jeder Einzelne von uns bei manchen Dingen etwas anders den Rhythmus schlagen möchte, etwas anders marschieren ...) – ist, eine heilpädagogische Institution.

Und so muss, wenn man es ernst nimmt mit all den schönen Dingen, die man bei Sonntagsreden, bei Vorträgen der entsprechenden Damen und Herrn Politiker, immer dann, wenn Bildung als gefährdetes Gut, als von der roten auf die schwarze Liste überzuführendes Ideal vergangener Tage beschworen, gelobt und gepriesen wird, sie auch gestaltet werden.

Kleine Gruppen.

Geeignete Ausstattung.

Bestens ausgebildetes und motiviertes Personal (auch durch Bezahlung motiviertes, zugegeben und nicht unwesentlich, denn für einen Bettel bekommt man die Top-Leute eben nicht. Wie heißt es so schön auf neudeutsch: „If you pay peanuts, you'll get monkeys!").

Auch wenn es kostet.

Und auch wenn kein unmittelbarer Nutzen sichtbar ist.

Schule, Bildung ist Investition

Investition in die nachfolgenden Generationen.

Investition in die Zukunft.

Und wer da spart, spart am falschen Ende.

Unternehmen wissen das.

Unsere Politik offensichtlich noch nicht so ganz (gut, an manchen Sonntagen und vor Wahlen schon, aber sonst geht diese Erkenntnis meist schneller unter als die Andrea Doria, auf der doch sonst wieder alles klar war, oder die unsinkbare Titanic, wenn sie – spätestens am Tag danach – gegen den Eisberg der Finanzierung kracht).

Aber, was haben wir schon eingangs uns zu bemerken erlaubt?

Außenstehende und das seltsame Wort mit „I".

Und schon wieder ein kleiner Einschub
(der wohl auch noch nicht der letzte
gewesen sein wird)

Das sollte es aber schon gewesen sein mit den Gedanken über Politik im Allgemeinen und solche, die Bildung betrifft im Besonderen, auch wenn es mir zwischendurch den kümmerlichen Rest der Haare aufstellt, wenn an ganz konkreten Beispielen – leider auch aus dem Kreise der lieben (und – so weit lehne ich mich jetzt aus dem Fenster, ohne auch nur eine einzige Überlegung daran zu verschwenden, dass dies zu weit sein könnte – auch durchaus intellektuell begabten, sprich alles andere als blöden) Nachkommenschaft – schmerzhaft deutlich wird, wohin „progressive" (und spätestens hier und jetzt wird klar, warum diese Gänsefüßchen so heißen, dass sie sich tatsächlich zumindest in diesem Zusammenhang vom schnatternden und keifenden Federvieh herleiten müssen) Bildungspolitik führen kann.

Wenn man Schreiben nach Gehör selbsttätig erlernen soll, gleichzeitig aber orthografisch richtig geschriebene Texte sinnerfassend lesen, sich mit Mathematik dann beschäftigt, wenn der kleine grüne (von mir aus auch rote) Schelm im Ohr flüstert: „Lass uns doch ein paar geile Rechnungen machen", also nie, es nicht mehr Kernkompetenz von Lehrpersonen – die womöglich ohne entsprechende Ausbildung sozusagen „dazugefangen" wurden, um Mangel zu übertünchen –ist zu erklären, zu veranschaulichen … sondern sich ihre Tätigkeit im Zur-Verfügung-Stellen von Arbeitsblättchen und der Dokumentation dessen erschöpft, zu erschöpfen hat, ja, dann …

Aber verlassen wir wie versprochen diese dunkle Ecke, denn schließlich soll dieser Garten ja der Erbauung dienen, auch wenn es durchaus lustvoll sein kann, sich – wenn man sich denn grundsätzlich dafür interessiert, was vermutlich (und hoffentlich, denn sonst wäre der Kreis derer, die dieses minoische Refugium besuchen, doch sehr eng bemessen) nicht für alle zutreffen mag – an derartigen Abstrusitäten abzuarbeiten, wohl wissend, daran vermutlich nichts ändern zu können.

Was ich aber statt dessen erzählen will, ist eine alte Geschichte, die einst mir mein Vater erzählte, damals, als ich ein Kind war, und die ihm – wie er mir sagte – sein Vater erzählt hatte, der sie wiederum von seinem Vater erzählt bekommen hatte, jenem meinem Urgroßvater der vor vielen, vielen Jahren eine Bäckerei und eine Gemischtwarenhandlung in Trofaiach besaß und der sich – so erzählte mir jedenfalls mein Vater – wohl ebenso aufs Erzählen (vielleicht auch aufs Erfinden) von Geschichten verstand, wie aufs Backen von Brot und Brezeln.

Die Geschichte handelt vom Reiting, dem höchsten Berg der Gegend, um den sich von jeher Legenden gerankt haben, ebenso wie sich Ortschaften an seinen südlichen Abhang schmiegen, sie handelt von den Menschen der Gegend, mit all ihren Eigenschaften – guten wie weniger guten – und sie handelt von einem Schatz, dessen Bedeutung wir erst langsam beginnen zu erkennen.

Die Reitingquelle

oder „Des Wassermannes Fluch"

Vor langer Zeit – ich beginne nicht mit „Es war einmal ...", denn so beginnen Märchen und die Geschichte, die ich erzählen möchte, ist alles, nur eben kein Märchen, auch wenn darin Figuren, Wesen vorkommen, die man aus solchen kennt –, vor langer Zeit also, damals, als die Erde noch von Trollen, Drachen, Wassermännern ... bewohnt war, einer Zeit, in der Magie, Zauberei zum Alltag gehörten, war es – wie wir alle wissen – den Menschen von Innerberg (ob mit List und Tücke oder auf sonst eine unerklärliche Art, sei jetzt einmal, da irrelevant, dahingestellt) gelungen, einen Wassermann zu fangen.

Dieser hatte, als Gegenleistung für seine Freiheit, den Menschen den Weg zum eisernen Hut gewiesen, jenem Berg, den wir heute als Erzberg kennen und der Innerberg für viele Jahre Reichtum und Glück bringen sollte.

Selbstverständlich blieb dieser Reichtum den Menschen in der Gegend diesseits der sieben Berge, vor allem aber des Präbergs, über den sich der schmale Pfad schlängelte, der Innerberg mit dem Rest der Welt verband – zumindest in die eine Richtung –, nicht verborgen.

Und ebenso selbstverständlich wollten auch sie Anteil haben an dem Glück, dem Reichtum – denn das Leben damals, das war nicht leicht, Arbeit für die Herrn von Freienstein, Arbeit in den Wäldern, auf den Feldern.

Da wäre ein klein wenig Reichtum, ein bisschen Glück schon recht.

Allein woher nehmen und nicht stehlen?

Einen Wassermann müsste man fangen, so wie die Innerberger.

Oder wenigstens einen Troll.

Nur, das war viel leichter gesagt als getan.

Diese Wesen mieden, soweit es sich nur irgendwie einrichten ließ, den Umgang mit den Menschen. Sie werden schon gewusst haben, warum.

Gut, zugegeben, es gab da Geschichten, man hatte schon gehört von Trollen, deren Bart sich im Wurzelwerk eines umgestürzten Baumes verfangen hatte oder eingeklemmt war in einem Baumstamm, man hatte auch gehört, wie sich ein solcher für seine Befreiung erkenntlich zu zeigen pflegte – die drei Wünsche, aber noch nie hatte man gehört, dass ein solches Wesen von Menschen gefangen worden wäre.

Noch nie? Das stimmt so nun auch wieder nicht.

Die Innerberger hatten ja den Wassermann ...

Nur – war dieser Wassermann ein besonders dummes Exemplar seiner Gattung gewesen, dass er sich hatte fangen lassen oder war es reiner Zufall gewesen, dass es ausgerechnet die Innerberger, die (auch damals schon und daran hat sich eigentlich bis heute nicht sehr viel geändert) nicht unbedingt als jene gelten, die die Weisheit mit dem großen Löffel gefressen hatten, gelungen war, seiner habhaft zu werden und – vor allem – konnte ein derartiges Unternehmen noch einmal gelingen?

Denn, darin waren sich alle einig, dann wäre der Herr der Seegrotte wirklich dümmer, als die Mutter aller Elfen erlauben könnte.

Was aber, wenn sich der Wassermann von den Innerbergern freiwillig hatte fangen lassen?

War es denn nicht seltsam, dass noch nie ein solches Wesen, egal ob Troll, Fee, Elfe oder sonst was – außer zufälligerweise –, überhaupt von Menschen gesehen wurde und dann nur von solchen, die an einem Sonntag geboren waren und somit ohnehin als Glückskinder galten, und die Innerberger, ausgerechnet die Innerberger – nicht nur einer, sondern die gesamte männliche Bevölkerung von eben dort –, sollten es geschafft haben, diesen Wassermann nicht nur zu sehen, sondern auch noch einzufangen?

An derartigen Überlegungen konnte schon etwas dran sein, fand die versammelte Runde.

Nur, wie das ihre Lage verändern sollte, wussten sie auch nicht zu sagen.

Doch einmal ausgesprochen, blieb dieser Gedanke in den Köpfen der Menschen, kreiste, hüpfte, stieg auf wie ein Luftballon, zerplatzte aber nicht, wie es Seifenblasen tun, wenn sie mit der harten Wirklichkeit in Berührung kommen, sondern wuchs und wurde immer bestimmter – ja, es konnte nur so gewesen sein, mochten die Innerberger erzählen, was sie wollten.

Die Zeit verstrich, die Menschen hatten zu tun, zu viel, um noch viele Gedanken an den Wassermann und an den Traum vom großen Glück zu verschwenden.

Auf den Feldern des Herrn von Freienstein war das Getreide einzubringen, die letzte Mahd wartete noch auf den Wiesen, dies und das musste noch gerichtet, in Stand gesetzt, für die kalte Zeit vorbereitet werden.

Doch als die Tage immer kürzer und kälter wurden, die Abende länger und die Arbeit weniger, sprachen sie immer öfter vom Wassermann und ob es nicht möglich wäre, ihn dazu zu bringen, auch ihnen einen eisernen Hut oder sonst einen Schatz zu zeigen, um ihnen zu helfen.

Und so beschlossen sie, es einfach zu versuchen.

Nur, sollten sie darauf bauen, dass der Wassermann so dumm war, in eine – selbstverständlich geschickt aufgestellte – Falle zu gehen, oder sollten sie darauf setzen, dass man es mit einem mitfühlenden, hilfsbereiten Exemplar seiner Gattung zu tun hatte?

Wild wogten die Meinungen hin und her, so manche Faust knallt auf die Tischplatte, die eine oder andere auch in das Gesicht eines, der anderer Meinung war, der Umgangston war zwischendurch nicht unbedingt der feinste (manche bösen Zungen behaupten, dass diese Tradition zum Teil noch immer aufrechtgehalten wird, aber, wie gesagt, das sind nur böse Zungen) – schließlich und endlich aber hatte man sich geeinigt.

Man wollte beide Möglichkeiten in Betracht ziehen, zuerst aber, die – zumindest der Meinung der Mehrheit nach – einfachere Variante versuchen und, wie die Innerberger seinerzeit, den Wassermann mit Speis und Trank ködern, ihn aus dem Wasser seiner Grotte locken, um ihm dann eins überzuziehen und mit ihm möglichst schnell und unauffällig den Weg über den Berg zurück anzutreten.

Wenn das nicht funktionieren sollte, dann könnte man sich ja noch immer auf sein gutes Herz berufen.

Und so machten sie sich auf den Weg über den Berg, immer auf der Hut, dass sie ja nicht von den Innerbergern entdeckt würden, denn dass diese so gar nicht einverstanden wären, leuchtete sogar dem ein, von dem die Leute sagten, er habe seinen Kopf nur, damit er das Stroh nicht in der Hand tragen müsse und es ihm nicht in den Hals regne.

Bei der Seegrotte angekommen, breiteten sie ihre Mitbringsel aus und legten sich hinter einem Steinhaufen auf die Lauer.

Es dauerte nicht lange, da kam Bewegung in die bis dahin ruhige Wasseroberfläche. Das Wasser teilte sich und ein Kopf, gekrönt von wirrem, grünem Haar, hob sich aus den Fluten.

„Oho, Wein, Bier, Schnaps, Käse und Wurst! Aber, wo ist das Brot?", schallte es ans Ohr der voller Spannung in ihrem Versteck lauernden Menschen.

Der Anführer – nennen wir ihn einfach Gustl – drehte sich zu seinen Freunden um. „Welcher Idiot hat das Brot vergessen?", zischte er ihnen zu.

Noch ehe er etwas hinzufügen konnte, sprang einer auf und lief zum Ufer.

„Entschuldigung, mein Fehler!", stammelte er.

„Jetzt ist alles aus!", war alles, was Gustl noch hervorbrachte.

Das mit Wassermann aus dem Wasser, Knüppel auf die Birn' und nichts wie nach Hause, konnten sie jetzt wohl vergessen

Jetzt würden sie wohl ohne Wassermann und ohne eisernen Hut, dafür aber sicherlich mit Hohn und Spott beladen wieder über den Berg zurückschleichen müssen.

Das alles nur … Aber es hatte keinen Sinn, jetzt mit irgendjemandem zu schreien, zu toben oder … aus – vorbei!

Ohne weiter drüber nachzudenken war Gustl aufgestanden.

Langsam ging er zum Ufer und begann, all die Köstlichkeiten, die er und seine Freunde sich für diesen Moment vom Mund abgespart hatten, zusammenzupacken.

„Moment, sooo geht das aber nun auch wieder nicht!", hörte er jemanden rufen.

Verdutzt blickte er auf.

Der Wassermann war noch immer da, noch immer, obwohl inzwischen wohl auch der allerdümmste Mensch und selbstverständlich auch der allerdümmste Wassermann hätte merken müssen, was da geplant gewesen war.

Und doch!

Der Wassermann war nicht verschwunden, im Gegenteil, er war näher und näher ans Ufer gekommen, als wäre er von all den Dingen, die noch immer am Boden ausgebreitet waren, angezogen wie von einem Magneten.

„Der wird doch nicht wirklich sooo ...", schoss es Gustl durch den Kopf.

„Nein, sooo blöd bin ich wirklich nicht!" Es war, als ob der Wassermann Gustls Gedanken gelesen, zumindest aber erraten hätte.

„... aber neugierig, neugierig, warum Menschen glauben, mich überlisten zu können, mich mit Speis und Trank ans Ufer locken zu können, wo ich doch alles, was ich brauche, hier in meiner Grotte habe, alles und noch viel mehr, neugierig, was Menschen dazu treibt, sich mit mir anzulegen, obwohl sie wissen, dass ich weit mächtiger bin, als sie es jemals sein werden. Ist es Habgier und Neid – wohlan, dann seid sicher, ihr werdet euer Vorhaben bereuen, oder ist es Verzweiflung und Not – nur, warum greift ihr dann zu solch hinterlistigen Methoden, anstatt es einfach mit der Wahrheit zu versuchen, zu kommen, eure Lage zu schildern und um Hilfe zu bitten?

Was hättet ihr schon verlieren können – nichts.

Also sprich, Menschlein!

Erklär mir, was euch dazu bewogen hat und vielleicht werde ich euch verzeihen, vielleicht werde ich euch straflos von hier weggehen lassen, vielleicht sogar euch helfen. Also rede und rede gut – vor allem aber rede wahr, denn sonst ist es um euch geschehen."

Und Gustl redete.

Er erzählte, wer sie waren, wie sie wohnten und lebten und was sie bewogen hatte, den Weg über den Berg zur Seegrotte zu suchen, es zu wagen, sich mit einem so mächtigen Wesen anzulegen.

Er verschwieg auch nicht, dass es sehr wohl welche gegeben hatte, die meinten, der Wassermann müsse wohl einer von der ganz dämlichen Sorte sein, während andere – wie sich nun herausgestellt hatte, richtigerweise – eher geglaubt hatten, dies alles habe er nur mit sich geschehen lassen, um den Menschen zu helfen.

Er erklärte, dass sie den Innerbergern ihr Eisen nicht wegnehmen wollten, es ihnen auch nicht neidig wären – sie wollten auch gar kein Eisen, denn das hätten ja schon die Innerberger, aber vielleicht gäbe es irgendetwas anderes, Wertvolles, das ihnen helfen würde, ihre Lage zu verbessern.

Er redete und redete und der Wassermann, der inzwischen ans Ufer gekommen war und sich auf einen Stein, gleich neben Gustl, gesetzt hatte, hörte aufmerksam zu.

Meistens jedenfalls, nur von Zeit zu Zeit langte er nach einem Stück Käse oder Wurst, hörte weiter zu, spülte den Bissen mit einem Schluck Bier hinunter und hörte weiter zu.

Als er geendet hatte, blickte Gustl zum Wassermann.

Dieser rülpste kurz undgriff nach einem weiteren Stück Käse.

Dann rülpste er noch einmal, stand auf und ging zum Ufer.

Bevor er ins Wasser stieg, drehte sich der Wassermann um und sagte:

„Gut, ich kenne jetzt eure Geschichte und ich glaube, sie ist wahr, so wie du sie erzählt hast. Ich will euch also den dreisten Überfall nicht weiter nachtragen. Ganz abgesehen davon, dass euer Käse und das Bier wirklich gut waren. Aber nun zu eurem Anliegen. Wenn ihr wieder zu Hause seid, geht in den Gössgraben.

Geht, bis ihr meine Stimme hört, ich werde euch sagen, wo ihr anfangen sollt zu graben. Grabt dort im Reiting und ihr werdet einen Schatz finden, der alles übertrifft, worum ihr mich zu bitten gewagt habt.

Aber ich stelle eine Bedingung. Nur, wenn ihr alles …"

Die Menschen hörten gar nicht mehr hin.

Ihnen war die Bedingung des Wassermannes herzlich egal. Ohne noch weiter auf ihn zu achten, ohne Dankesworte, ohne Abschied stürmen sie davon.

Es war, als ob ihnen die Worte des Herrn der Seegrotte übernatürliche Kräfte verliehen hätten, so schnell rannten sie den steilen Hang hinauf und weiter, der Heimat zu.

Nur einer, ein Einziger drehte sich nochmals um, um sich zu verabschieden und zu bedanken und nur dieser eine hörte noch

> „… wenn ihr aber gierig werdet und über den Wunsch nach Reichtum alles andere vergesst, dann werdet ihr eure Strafe finden und einen Schatz, dessen Wert erst den Kindeskindern eurer Ur-Urenkeln bewusst wird!"

Schon früh am nächsten Tag machten sich einige Männer auf, um jene Stelle zu finden, von der der Wassermann gesprochen hatte.

Den Vorschlag, doch zu warten, bis alle bereit wären, und dann gemeinsam auf die Suche nach der Stelle und dem Schatz zu gehen, wiesen sie lachend zurück.

„Du kannst ja warten!", riefen sie dem Sepp, der diesen Vorschlag gemacht hatte, zu. „Aber eines ist dir schon klar, wer zuerst kommt, mahlt zuerst. Und wer den Schatz findet, dem gehört er auch!"

Sie waren noch kaum mehr als eine Stunde gegangen, da war es ihnen, als ob sie die Stimme des Wassermannes hören konnten.

Sofort begannen sie zu graben. Bald schon stießen sie auf harten Fels. Mit ihren Spitzhacken schlugen sie auf den Fels ein, langsam nur, Brocken um Brocken wuchs das Loch im Reiting.

Gegen Mittag meinten sie, Sepp, Gustl und noch einige andere wären wohl nicht mehr fern.

„Schnell, weiter, der Rest kommt. Wenn wir nichts finden, bis sie da sind, dann war unsere Arbeit umsonst, dann haben wir gegraben und müssen erst mit allen teilen!"

Wie wild schlugen sie auf das Gestein ein. Die Funken spritzen mit den Steinsplittern um die Wette und dann …

Wasser!

Aus dem Berg schoss Wasser, mit einer solchen Wucht, dass es die Männer mit sich fortriss und gegen die Bäume und Felsen schleuderte.

Keiner entkam seinem Schicksal.

All die anderen aber, die später, mit dem Sepp zusammen, aufgebrochen waren, fanden nur noch die sprudelnden Quelle.

Und hörten die Stimme des Wassermannes.

„… wenn ihr aber zu gierig seid, werdet ihr eure Strafe finden und einen Schatz, dessen Wert erst den Kindeskindern eurer Ur-Urenkeln bewusst wird, habe ich gesagt und so soll es nun sein!

Hier habt ihr den einzigen Schatz, den ich euch erlaube, aus dem Reiting zu holen – bewahrt ihn gut für zukünftige Zeiten."

Seit dieser Zeit gibt es die Reitingquelle, seit dieser Zeit gibt es auch Geschichten von sagenhaften Schätzen, die im Reiting ruhen, die aber keiner je ans Tageslicht bringen wird, weil der Fluch des Wassermannes auf ihnen ruht.

Ihr sagt, das sei keine wahre Geschichte, ihr sagt, es habe nie Wassermänner gegeben und Schätze im Reiting?

Vielleicht habt ihr Recht, vielleicht aber widersprechen euch auch nur diejenigen nicht, die es besser wissen.

Vielleicht sind es schon wir, sicher aber werden es unsere Enkel sein, die den wahren Wert des Geschenkes des Herrn der Seegrotte zu Innerberg zu schätzen wissen und erkennen, welchen Schatz er uns wirklich gegeben hat.

Und doch noch ein Einschub

(und wieder, befürchte ich, nicht der letzte)

„... Ihr sagt, das sei keine wahre Geschichte ..." – nun gut, diese Geschichte ist vermutlich genau so wahr oder nicht wahr wie alle anderen, mit ebenso viel Sinn und Unsinn, Weisheit und Blödheit ... denn wie schon – zum wiederholten Male jetzt – gesagt, es ist durchaus angebracht, mir kein Wort zu glauben beziehungsweise keines auf die Goldwaage zu legen, denn ... eh schon wissen.

Ebenso mag es sich verhalten bei der nächsten – nennen wir es einfach – Erinnerung an eine Zeit, an die jeder zumindest manchmal – ob mit einem Lächeln oder mit kaltem Schauer, der da Jahrzehnte später noch immer über den Rücken kriecht, ist vermutlich individuell sehr verschieden – zurückdenkt, an eine Zeit, die da in regelmäßigen Abständen reminisiziert, in Form von Treffen zelebriert wird von einer (ab einem gewissen Zeitpunkt) immer kleiner werdenden Zahl von Teilnehmern – ja, die Einschläge kommen näher und manchmal trifft es auch schon die sportlichen, die da immer gesund gelebt, sich tunlichst von allem, was da mit Suchtmittel und Unmäßigkeit zu tun haben könnte, ferngehalten haben, wohingegen andere offensichtlich am Keith-Richards-Syndrom (... für jede Zigarette, die du rauchst, für jeden Rausch, den du hast, nimmt der liebe Gott dir Lebenszeit weg und gibt sie Keith Richards) partizipieren.

Von Glühwürmern, Sex und einem Spielabbruch

Es war Sommer.

Der letzte Sommer, bevor das Vertrauen der Menschen – zumindest derer in Mittel- und Westeuropa, die seit dem Ende des 2. Weltkrieges eigentlich nichts anderes erlebt hatten als einen stetigen, steilen Wirtschaftsaufschwung, deren Wohlstand von Jahr zu Jahr messbar und deutlich sichtbar gestiegen war, vom alten Waffenrad über das Moped bis hin zum inzwischen fast schon selbstverständlichen Auto und dem Zweitwagen für die Frau Gemahlin, so ihr denn erlaubt worden war (und das war vom Gesetz her noch immer Ermessenssache entweder des mehr oder weniger gestrengen Herrn Vater oder – nach vollzogener Wachablöse, sprich Eheschließung – des angetrauten Haushaltsvorstandes, dem der Rest der Familie ex lege Gehorsam zu leisten hatte), den Führerschein zu „machen" – darauf, dass alles immer besser werden würde, sich Wohlstand und Möglichkeiten weiterhin ungebremst vermehren würden (wenn man von der bestehenden, durchaus realen, aber weitestgehend ignorierten – wie soll man denn sonst sein Leben genießen – Gefahr, dass der „kalte Krieg zwischen den Bündnissen – hie der Hort von Demokratie, Liberalität und Wohlstand, inklusive Bananen und Strumpfhosen, dort das rote Reich des Bösen – zu einem tatsächlichen, echten und dann mit Nuklearwaffen ausgefochtenen werden könnte, einmal absieht) ein erstes, massives „Ätsch" erfahren würde.

Der Sommer vor Jom Kippur.

Eigentlich vor dem Jom-Kippur-Krieg.

Der Sommer, bevor die arabischen Länder erstmals beschließen würden, Erdöl als Waffe, als politisches Druckmittel einzusetzen, eine Entscheidung, die mit einer Urgewalt über uns (eigentlich mehr unsere Elterngeneration, denn wir waren damals noch nicht – ganz – in dem Alter, als dass es uns direkt betroffen hätte, die Konsequenzen, die trafen uns schon) hereinbrach.

Plötzlich war Benzin und Diesel – wobei Diesel dazumal eher nur den Brummis, den Lastkraftwagen und eventuell noch den Mercedes-Taxis als Treibstoff diente (vom Heizöl, mit dem inzwischen eine nicht unbeträchtliche Anzahl von Menschen ihre Wohnungen, aber auch schon vermehrt das mühsam ersparte, oft genug unter tatkräftiger Mithilfe der gesamten Verwandtschaft und – kennst du einen Handwerker, der … – in Schwarzarbeit errichtete Eigenheim warm hielt, einmal ganz zu schweigen) – nicht nur teuer, sondern auch knapp.

Mit einem Mal sollte es aus sein mit „Freie Fahrt für freie Bürger" – autofreier Tag war angesagt.
Plötzlich klebten Vignetten an den Windschutzscheiben der (damals wohl noch viel mehr als heute, auch wenn leise Zweifel darüber bestehen bleiben) heiligen Kühe der Nation – es gab damals böse Zungen, die da meinten, eigentlich müsste man beim Kauf eines Automobils dem stolzen Neubesitzer auch gleich mindestens zwei Kerzenständer und einen Weihrauchkessel mitgeben –, die da jedem, vor allem aber der überwachenden Exekutive, kundtaten, an welchem – selbstverständlich frei wählbaren, vorausgesetzt man hatte sich in der familieninternen Diskussion durchgesetzt – Wochentag diese in ihrem Stall oder an sonstigem Abstellplatz bleiben würden, oft genug konterkariert von dem Pickerl mit dem „S" für Sondergenehmigung, das man stolz, direkt unter dem Wochentagspickerl geklebt, herum-

chauffierte und das dieses Quasifahrverbot wieder aufhob, wohl auch um zu zeigen, dass man – Österreich halt – „es sich richten kann".

Aber noch war es nicht so weit.

Noch war jeder Gedanke daran mindestens ebenso weit entfernt wie Apollo 13 – „Houston, we have a problem" – von einer sicheren Mondlandung, wer die Idee geäußert hätte, dass es jemals so weit kommen könnte, wäre vermutlich eingewiesen worden und zwar nach „Puntigam links", wie es bei uns hieß (in Wien hätte es vermutlich Steinhof geheißen, landläufiger vielleicht Guglhupf, oder sonstwie, gemeint war auf alle Fälle die psychiatrische Klinik, heutzutage als Sonderkrankenhaus bezeichnet), wobei das „links" besonders wichtig war, denn rechts – ich weiß zwar nicht in welche Fahrrichtung, aber egal –, rechts war (und ist auch heute noch) die Brauerei.

Die 7. Klasse war noch nicht ganz erledigt, das 2. Trimester geschafft, das schon, und das Jahr würde sich auch positiv erledigen lassen, das war zu diesem Zeitpunkt schon klar, aber bis dahin waren noch Schularbeiten zu schreiben, Prüfungen abzulegen, manchmal noch die Entscheidung zu fällen, ob denn nun eine bessere oder doch eher die schlechtere Note im Zeugnis stehen würde, eine Entscheidung, die – zumindest teilweise, wenn man den Aussagen manch verzweifelter Kollegen Glauben schenken wollte, eher weniger, wenn man den Professoren, die da auf manch eine einredeten wie auf einen kranken Hund („Luisi –, alle weiblichen Wesen waren „Luisis" – es nutzt nix, wennst zur Prüfung ein kurzes Rockerl anziehst, es tät mehr nutzen, wennst was lernst" – es soll Leute gegeben haben, die das weit später stattfindende Begräbnis dieses Musterpädagogen – über den und seinen Umgang mit Schülern, vor allem weiblichen, man Bücher füllen könnte, ohne jemals alle Zynismen unterzubringen – allein deshalb besuchten, um sicher zu gehen, dass man ihn wirklich ordentlich mit Erde überhäuft, so dass er ja keine Möglichkeit hätte, als Zombie wiederzukehren, als Geist tut er es bei manchen angeblich noch immer regelmäßig), Glauben schenken wollte, eher mehr – vom persönlichen Einsatz in den letzten, entscheidenden Wochen abhing.

Auch für die Herrn in der zweiten Bankreihe fensterseitig. Zumindest für drei der vier.

Diese drei Herren – Nick, Wolfgang und meiner einer – hatten, mit welchem Hintergrund, möge man oder frau mit dem Wissen um die damals in diesen Landen durchaus nicht unüblichen pubertären, maximal „fastschonpostpubertären" Alkoholvernichtungsbestrebungen – ohne zumindest ein kleines Rauscherl (klein, wenn die finanzielle Lage nicht mehr zuließ, die elterliche Hausbar nicht geplündert werden konnte und keine Party anstand) war kein Wochenende wirklich perfekt – selbst herausfinden, sich zum Bund der „Glühwürmchen" vereint, inklusive knallgelbem T-Shirt mit aufgedrucktem italienischem „Wurmnamen" (italienisch deshalb, da zwei Drittel der drei Mitglieder eben Italienisch als zu lernende „zweite lebende Fremdsprache" gewählt hatten und ich mich, als lupenreiner Demokrat, dem zu fügen hatte) – Nick, der älteste (genau um einen Tag älter als ich), war „Vecchio", „Lupo", warum auch immer für Wolfgang, der da klassenintern (weshalb – dieses Geheimnis wird noch rechtzeitig für den aufmerksamen Leser gelüftet werden) später eher als „Porno" bekannt war, und schlussendlich „Luce" für mich.

Zugegeben, die T-Shirts trugen wir eher außerhalb der Schule, dennoch traten wir bei sehr vielen Gelegenheiten im Dreierpack auf.

Auch als Wolfgang aufgrund einer beruflicher Veränderung seines Vaters ins Mürztal übersiedelte, dennoch aber weiterhin – wohl auch auf Grund der Tatsache, dass es sich so knapp vor dem Ende der schulischen Laufbahn und anbetrachts der durchaus bewältigbaren Entfernung von sechsunddreißig Kilometern nicht ausgezahlt hätte, in eine andere – fast ebenso weit entfernte – Schule zu wechseln – die zweite Bankreihe verstärkte.

Zusätzlich mit der guten Entschuldigung eines verspäteten Zuges ausgestattet, wenn ihm die erste Stunde nicht ganz ins Konzept passen sollte. Dass er zwischendurch – bei entsprechender Wetterlage – die Distanz mit dem Rad zurücklegte, sei jetzt nur nebenbei erwähnt.

Der vierte war schon kurz nach Ostern von eben jenem weiter oben bereits kurz beschriebenen, selbsternannten Halbgott der Physik und Mathematik mit den Worten „... wenn jemand so oft gefehlt hat wie du, so oft verhindert war, dem Unterricht zu folgen, der kann gar nicht in der Lage sein, das Jahr positiv abzuschließen. Das wäre vermutlich nicht einmal ich selber. Aber sieh es positiv: Auch Einstein hat wiederholt und es ist was aus ihm geworden" jeglicher Illusion eines positiven Jahresabschlusses beraubt worden (damals gab es noch keine zwei Nachprüfungen – zwei Fleck hieß „wiederholen"), unbeschadet der Tatsache, dass er, eben abgesehen von den Unterrichtsgegenständen des Herrn Professor Dr. Ottl, zu den besseren Schülern der Klasse gehörte und auch, dass es auch mathematisch und physikalisch weit weniger – nennen wir es einfach – talentierte Mitschüler und -innen gab, die eine positive Note in ihrem Zeugnis finden sollten.

Und so ergab es sich – business as usual – eines Tages, dass es eine Schularbeit geben sollte, eine mehrstündige, in Deutsch – quasi ein weiteres Hinführen auf den krönenden Abschluss und Höhepunkt jeder Gymnasialzeit, ein „Sich-langsam-an-die-Dauer-der-Matura-Herantasten".

Nicht dass das so ein Problem gewesen wäre oder wir uns gar gefürchtet hätten, erörtern wir halt ein Thema, wissend, was der gute Herr, der da die Agenden des Deutschlehrers und Klassenvorstandes in Personalunion verkörperte, zu lesen erwartete, sowohl stilistisch als auch inhaltlich – mehr als ein leises juveniles Aufbegehren, vorsichtiges Widersprechen, ein (dies aber durchaus erwartet) dezenter Hauch von alternativem Gedankengut wurde weder gefordert noch geschätzt.

Doch daraus sollte nichts werden.

Denn als uns die Stunde schlug, betrat nicht – wie allgemein erwartet – unser Deutschprofessor allein die Klasse, sondern er erschien, und das ohne dass irgendjemand etwas ausgefressen gehabt hätte (was manchmal vorgekommen sein soll, so wurde einmal ein freilaufendes Grillhuhn, dass zu diesem Zeitpunkt noch nichts von seiner Bestimmung wusste, während der Unterrichtszeit von einigen Kollegen, die das nicht ganz so eng sahen, eben dieser zugeführt, was dann sehr wohl zu einem kleineren Skandal, einer – durch Übergabe einer kleineren oder größeren Summe Bargeldes unter der Hand geregelten und offiziell zurückgezogenen – Anzeige bei der Polizei und der Intervention der höchst erbosten Schulleitung führte – Karzer mit Androhung des Ausschlusses, nannte man das damals), in Begleitung des Herrn Direktor.
Zwei weitere, uns unbekannte Wesen dackelten hinterher.

Mit einer Miene, als hätte man ihn gezwungen, einen ganzen Sack Zitronen auf einmal zu verspeisen, und einer Stimme, die von pflichtschuldigst zurückgehaltener Empörung vibrierte („zitterte" kann man nicht sagen, es schien eher so, als hätte eine Dampfmaschine beschlossen, sämtlichen Überdruck freizulassen) teilte uns unser Klassenvorstand mit, dass äußere Umstände und höhere Gewalt die eigentlich jetzt geplante Schularbeit verhinderten.

Stattdessen wären da zwei Herrn von der Universität Innsbruck, die vom Herrn Direktor (leicht angedeutete Verbeugung in dessen Richtung) die Erlaubnis bekommen hätten, für ihre Dissertation eine Studie in und mit Hilfe ausgerechnet unserer Klasse durchzuführen, was jetzt natürlich bedeutete, dass die Schularbeit um eine Woche zu verschieben sei.

Nach dieser Erklärung wünschte er den beiden Noch-Studiosi „viel Vergnügen" und verließ rasch und ohne weitere Worte die Klasse, dicht gefolgt vom Direktor, der uns zuvor allerdings noch eindringlich um diszipliniertes Verhalten und uneingeschränkte Kooperation bat.

Die vor einer Schularbeit normale leichte Anspannung wich und machte bald einer gewissen (inneren) Erheiterung Platz, als uns die beiden – wir dürfen doch „du" sagen, schließlich sind wir ja quasi Kollegen – erläuterten, worum es in der Studie gehen würde.

Sie würden, erklärten sie uns, Wissen und Verhalten, also Theorie und Praxis des Sexuallebens der österreichischen Jugend erforschen und analysieren, wobei – selbstverständlich und das hätten sie auch dem Herrn Direktor so erklärt und beschworen – der praktische Teil nicht als gruppendynamische Realsimulation ablaufen werde, also kein Rudlbumsen (wär ja auch blöd gewesen, wenn der Rudl nicht gewollt hätte, wenngleich die Gefahr bei unserem Rudolf eher nicht gegeben gewesen wäre, allerdings nur, wenn er nicht der passive ... aber das führt jetzt doch ein wenig sehr zu weit), sondern in Form eines – bitte ehrlich zu beantwortenden – Fragebogens.

Aber selbstverständlich doch.

Seit genau jenem Zeitpunkt weiß ich mit absoluter Sicherheit und aus eigener Anschauung, was von jeglichen derartigen Studien (und das wird sich vermutlich nicht nur auf dieses eine Gebiet beschränken) zu halten ist – nämlich nichts, und zwar gar nichts.

Wir logen und übertrieben, dass normalerweise die Tinte der Kugelschreiber vor Scham hätte erröten müssen, sich sämtliche Balken bogen – wir waren young, free and single, aufgeklärt, promiskur, polygam und offen für alles, zumindest, wenn es nach den Angaben zu diversesten und teilweise – zumindest für die damalige Zeit, man bedenke, es war Anfang der Siebziger, die sexuelle Revolution hatte – angeblich – bereits stattgefunden, war aber noch nicht wirklich in der Lebensrealität alpiner Pubertierender angekommen – „perversen" Praktiken – die allesamt die Youporn-Generation unserer Tage vermutlich nicht einmal zu einem „na und" verleiten würden – ging, gerade einmal das, was dann Woody Allen mit „Dolly" im Kino vorführte, was ein laut Eigendefinition „Satiriker" viel später einem gar nicht aus Ostanatolien, sondern aus Istanbul stammenden Präsidenten unterstellte, der liebevolle Umgang mit Schaf, Ziege und (nicht zweibeiniger) Kuh wurde entrüstet zurückgewiesen, ansonsten ...

Am meisten – zumindest, wenn man seinen eigenen Aussagen Vertrauen schenken kann, und warum sollte man nicht – übertrieb wohl Wolfgang, dem laut seinen Angaben und Antworten im Fragebogen (und ich bin sicher, nur dort) nichts Menschliches oder auch Unmenschliches fremd war.

Vermutlich wurden seine und wohl auch unsere Antworten mit von der Tatsache bestimmt, dass er eine ganze Flasche Schnaps in seiner Schultasche hatte (warum auch immer und warum ausgerechnet an diesem Tag wird ein ewiges Mysterium bleiben) und wir dieser – der Flasche, nicht der

Schultasche – bei immer häufiger werdenden Pinkelpausen immer intensiver zusprachen, die Tatsache, dass dieses Getränk eher nach „Ruamschnipsl" (in kleine Stücke geschnittene/gehackte Zuckerrüben) als nach sonst was schmeckte, vollkommen ignorierend – was zählt, ist schließlich die Wirkung, hieß es damals.

Am Ende war die Flasche leer, wir voll (in Abstufungen: Wolfgang sehr, Nick weniger und ich am wenigsten – ich hatte mich, angesichts der Tatsache, dass ich spätestens zu Mittag meiner Mutter unter die Augen treten würde, zurückgehalten), waren die Fragebögen ausgefüllt und so wurden wir – begleitet von den Dankesworten der beiden zukünftigen Doktoren und Studienverfasser – früher, als es bei normalem Unterricht gewesen wäre – in den Nachmittag entlassen.

Nur so nebenbei für die, die es interessiert – die Studie wurde veröffentlicht und sorgte für einiges Aufsehen, die einen hätten sich niemals gedacht ... die anderen haben es ja immer schon gewusst, dass die Jugend verdorben sei, die Moral derart locker, von prüde, konservativ, lustfeindlicher Umgebung, oder was auch immer behauptet würde, weit entfernt.

Wir drei jedenfalls marschierten lustig – „... ein Hut, ein Stock, ein Regenschirm und vorwärts ..." – in Richtung Häuslberg, an dessen Abhang sowohl Nicks Elternhaus als auch – nur einige Gehminuten entfernt – mein Zuhause zu finden waren. Nicks Eltern waren – wie es sich für brave, arbeitende Menschen ziemt – nicht zu Hause, als wir dort gegen zwölf eintrafen, was uns in die glückliche Lage brachte, unbehinderten Zugang zur Hausbar und zur Bierkiste zu haben, was auch sofort ausgenutzt wurde.

Ich verabschiedete mich dann etwas später, allerdings mit der Zusage, in zwei Stunden wieder da zu sein, denn immerhin war an diesem Nachmittag ein Meisterschaftsspiel des lokalen Erstligisten, der damals zu den Topmannschaften des Landes gehörte, gegen einen anderen Spitzenverein – aus der Bundeshauptstadt oder war es einer aus dem fernen Süden, Nordslowenien, ich weiß es nicht mehr, es ließe sich aber, wenn es denn von Bedeutung wäre, leicht recherchieren – angesetzt, das wir uns nicht entgehen lassen wollten, und kam – etwa zu der Zeit, zu der ich dies auch nach einem regulären Schultag getan hätte – zu Hause an.

Mittagessen würde noch dauern, es sei noch zu früh, wurde mir beschieden, was meinem urplötzlich auftretendem Heißhunger so gar nicht passen wollte, worauf ich mich – sehr zum Erstaunen meiner Mutter und ein wenig auch zu meinem eigenen – über eine Dose eingelegter Fisolen hermachte, die eigentlich als Salat für das Mittagessen gedacht waren – Mutter musste salattechnisch umdisponieren.

Zwei Stunden später stand ich – genährt und nüchtern (was auch immer in den Fisolen war, oder der Essigsud, in den sie in der Dose eingelegt waren, hatte den Alkohol offensichtlich aufgesogen und neutralisiert) –, wie be- und versprochen, wieder vor Nicks Elternhaus, allein auf mein Klingeln öffnete mir niemand, worauf ich den komplizierten Weg wählte – neben dem Haus den steilen Abhang hinauf, bis zur jener Terrasse auf der Hinterseite, die an Nicks Zimmer angrenzte.

Die Terrassentür war geöffnet und aus dem Zimmer klang es, als ob jemand versuchte, den umliegenden Wald zu Brennholz zu verarbeiten, sprich deutliches Schnarchen erfüllte den Raum.

Meine Versuche, den selig vor sich hinschlummernden Nick in die Realität zurückzubringen, waren nach einiger Zeit von Erfolg gekrönt und nach etlichen hastig hinuntergeschütteten Gläsern Wasser zur Brandbekämpfung war er so weit, mir Folgendes mitzuteilen:

Er werde auf den Besuch des Fußballplatzes verzichten und sich stattdessen der Fortsetzung jener Tätigkeit widmen, aus der ich ihn so unsanft gerissen hatte, es tue ihm ja eh leid, aber der Mensch müsse Prioritäten setzen und seine lägen derzeit sicherlich nicht in der Betrachtung von verschiedenfärbig gekleideten Beinen, die da versuchen, eine Lederkugel zu treten, auf dass das Runde ins Eckige fände.

Ach ja, und Wolfgang habe sich nicht davon abbringen lassen, den Weg zum Bahnhof zu suchen, um die Heimreise anzutreten.

Ich holte Wolfgang ein, kurz bevor sich die Wege zum Bahnhof (er hatte zum Glück beschlossen, den weit näher liegenden, aber auf einem anderen Weg zu erreichenden Gösser Bahnhof links liegen zu lassen und sich Richtung Hauptbahnhof zu begeben – vermutlich auch deshalb, weil tief in seinem Unterbewusstsein das Faktum gespeichert war, dass seine Schülerfreifahrt ab diesem galt) und zum Stadion trennten und er war – ob mit Begeisterung oder einem Achselzucken, weiß ich wirklich nicht mehr – sofort bereit, den ursprünglichen Plan, eben den Besuch des Matches, wieder aufzunehmen.

Und so standen wir – umgeben von tausenden anderen Menschen, die offensichtlich an diesem sonnigen Mittwochnachmittag auch nichts Besseres mit ihrer Zeit anzufangen wussten, als dem Fan in sich freien Raum zu geben, durchaus auch teilweise vollgetankt, wobei als Treibstoff der Gerstensaft der örtlichen Brauerei von Weltruf regen Zuspruch fand – kurze Zeit später auf unserem Stammplatz auf der Stehplatztribüne – nicht dort, wo die Hardcore-Fans (das Wort Fan kommt selbstverständlich vom Wort „fanatisch" – ordentliche, friedliche Menschen nennt der Engländer, der da sehr genau zu unterscheiden weiß, „supporter" und eben nicht „Fan", was ja auch so viel wie Ventilator bedeuten würde, also etwas oder jemand, der viel – heiße – Luft produziert) ihren Sektor hatten, aber auch nicht zu weit davon entfernt – wegen der Stimmung.

Das Match wogte hin und her, die Zuschauern applaudierten, feuerten an, seufzten enttäuscht, um gleich darauf wieder ... die Spieler rannten – nach Meinung der Zuschauer zumindest zwischendurch eindeutig zu wenig – traten, manchmal trafen sie sogar den Ball, weit eher aber eines Gegenspielers Bein, was – je nachdem – mit einem „Du Oaschloch!" aus tausenden Kehlen oder einem ebenso lauten „Schleich di ins Burgtheater!" quittiert wurde, der Schiedsrichter pfiff – und selbstverständlich wurde jede Entscheidung gegen die Heimmannschaft als ungerecht und falsch empfunden und entsprechend ausgepfiffen und -gebuht – rhythmisches „Schwoaze (schwarze) Sau" hallte mehrmals von den Hängen des Monte Schlacko wider – der Linienrichter, auch „Out-wachler" genannt, wachelte mit seiner Fahne, zeigte Abseitsstellungen an (auch diese wieder entweder zur Zufriedenheit oder zum Missfallen des p.t. Publikums), sprich alles war, wie es bei einem Fußballmatch halt so ist, bis ...

Weit weg kann der Werfer nicht gestanden haben, denn als ihn der Stein am Kopf traf und er zu Boden ging, stand der Linienrichter fast unmittelbar vor uns.

Der Spielabbruch war die logische Konsequenz.

Fast ebenso wie die Befürchtungen und das schlechte Gewissen von Wolfgang, als er am nächsten Tag in der Zeitung lesen musste, dass ein offensichtlich betrunkener Zuseher, der allerdings bisher noch nicht ausgeforscht werden konnte, die Partie mittels Steinwurf beendet und entschieden hatte.

Denn er konnte sich an nichts mehr erinnern.

Ausnahmsweise diesmal kein Einschub,

sondern einige kleine, ergänzende Erläuterungen

Nun ist es ja nicht so, dass der DSV Leoben oder DSV Alpine, vormals WSV Donawitz, wie er vor der Fusion mit dem FC Leoben hieß, deswegen abgestiegen wäre, nein, der Verein wurde ein Opfer der Bundesligareform mit Beginn der Spielzeit 1974/75, mit der eine Zehnerliga in Österreich eingeführt wurde und – per Beschluss der zuständigen Gremien festgelegt – nur noch ein Verein pro Bundesland in dieser spielberechtigt sein sollte, und zwar nicht der in der Abschlusstabelle der vergangenen Meisterschaft bestplatzierte, sondern ein von eben jenem Gremium festgelegter, sprich wer die bessere Lobby hatte, wer mehr in die Abstimmung „investieren" konnte oder wollte – Korruptionsstaatsanwalt gab es damals ohnehin noch keine und Compliance-Regel war nicht nur der Herkunft nach ein vollkommenes Fremdwort – und in unserem Fall war es halt der SK Sturm Graz, dem diese Ehre widerfuhr.

Und selbstverständlich war Wolfgang nicht der ominöse Steinwerfer – er hatte zwar schon etwas Steinähnliches in der Hand gehabt, das ich ihm dann wieder abnahm – aber geworfen, nein, geworfen hat er nicht.

Ganz abgesehen davon, dass vermutlich auch der tatsächliche Treffer eher dem Zufall als einem gezielten Wurf entstammte.

Wenn derjenige – wer immer es auch war, der Täter wurde nie bekannt – in seinem Rausch tatsächlich hätte treffen wollen (etwas, das anzunehmen sich allein schon aus der Tatsache, dass es sich dabei um vereinsschädigendes Verhalten, also etwas, das ein wahrer Anhänger niemals tun würde, handelt), wäre der Stein vermutlich meterweit daneben, irgendwo unbemerkt, gelandet, aber wie heißt es so schön „Wenn du Pech hast, verhungerst du sogar auf den Sandwichinseln!" (Originalzitat Karl Farkas)

Die Glühwürmchen haben sich nie offiziell aufgelöst, wir haben uns – beginnend schon mit dem Studium, das wir zwar alle drei in Graz begannen, das aber doch jeden von uns in eine andere Richtung führte – schlussendlich auch geografisch – voneinander entfernt, allerdings ist bei jenen raren Gelegenheiten, wo wir uns begegnen, binnen kurzer Zeit die alte Vertrautheit spürbar, denn es ist ja nicht so, dass es eine Trennung im Streit gegeben hätte, den einen Moment, nein, zuerst trafen wir uns ja noch regelmäßig, aber bald schon hatte jeder einen neuen Bekannten- und Freundeskreis (zusätzlich) aufgebaut, die Treffen wurden seltener, es war einfach so, dass einmal der keine Zeit hatte, dann der andere einen Termin wahrnehmen musste, es war eher ein Auseinanderdriften, verursacht durch Konzentration auf das eigene Leben, die eigene Karriere ...

An dieser Stelle bleibt mir nur, für Wolfgang zu hoffen, dass er emeritiert, ehe einer seiner Studenten von seinem Spitznamen in Jugendtagen (nicht Lupo, der andere ist gemeint) erfährt und ...

Ach ja – und übrigens:
    Nicht einmal, wenn ich Stein und Bein schwöre, sämtliche Eide auf mehrfach verstorbene Anverwandte (... beim Leben meiner Großmutter ...) leiste und versichere, dass sich alles so oder anders oder gar nicht zugetragen hat.

Glaubt mir kein Wort.

Ungefragte Fragen und ein alter Finne

namens „Hättiwari Tatti"

Wie bereits einmal angedeutet, erwähnt und versucht zu begründen, gibt es viele Fragen an die ältere Generation, die nicht gefragt wurden – warum auch immer, ist jetzt einmal irrelevant, vor allem, da es nichts an der Tatsache an sich ändert, die eben so ist, wie sie ist, und die sich keinen Deut darum schert, wie sie denn wäre, oder ob es sie überhaupt so gäbe, wenn … –, Fragen, die man jetzt nicht mehr stellen kann, beziehungsweise stellen könnte man sie schon, allerdings fehlt derjenige oder – in diesem Fall auch – diejenige, an die man sie richten könnte, die eine Antwort darauf geben könnte, die Geschichte mit Geschichten verständlich machen, einen subjektiven, sehr persönlichen Scheinwerfer auf Ereignisse werfen könnte.

Und an genau dieser Stelle tritt nun der – natürlich als reale Person nicht existierende – Hättiwari Tatti auf.

Eine mystische, fast könnte man sagen, mythische Gestalt aus dem hohen Norden, von deren Existenz ich erstmals in den Achzigerjahren des vergangenen Jahrhunderts Kenntnis erlangte, als der damals – zumindest in motorsportaffinen Kreisen – in der Alpenrepublik weltberühmte Österreicher (nein, nicht der mit dem roten Kapperl, sondern sein Nachfolger, der Tiroler, der einst Ayrton Sennas Koffer mitsamt darin enthaltenem Millionenvertrag ins Meer warf, der für jeden Lausbubenstreich zu haben war und der auf eben jener Rennstrecke, auf der schlussendlich ein Teil der Radaufhängung seines Williams diesen Freund und jahrelangen Teamkollegen in die ewige Startaufstellung mit Jochen Rindt, Jim Clark und vielen anderen brachte, gerade noch rechtzeitig aus dem Feuerball an der Mauer in Tamburello gerettet werden konnte) auf die höchst intelligente Frage einer österreichischen Reporteriko-ne, ob es denn nicht möglich gewesen sei, sich irgendwie am führenden Fahrzeug vorbeizuquetschen, wo er doch der offen-sichtlich Schnellere gewesen sei, eben diesen Hättiwari Tatti nannte, als denjenigen, der dies zu verhindern gewusst hätte.

Und auf diese Figur aus dem hohen Norden möchte auch ich mich jetzt beziehen.

Hättiwari Tatti.

Hätti (hochdeutsch: hätte ich) damals, als es noch möglich gewesen wäre, jemanden zu fragen, der all das, was mich – zugegeben heute deutlich mehr als zu jenen Zeiten, da man jung war und das Leben unendlich schien, vermutlich genau deswegen – an persönlicher Geschichte, Familiengeschich-te interessierte und interessiert, erzählen hätte können, aus persönlicher Erfahrung, persönlichem Erleben, hätte schil-dern können, auch tatsächlich gefragt ...

...*wari* (wäre ich) vermutlich nicht nur um einige spannen-de Geschichten, noch dazu Geschichten, die sich tatsächlich ereignet haben (oder auch nicht, zumindest nicht so, wie ... denn, wenn ich schon in der Tradition der alten Kreter stehe, dass nicht alles, was gesagt wird, auf die Goldwaage zu legen ist, dann sind es die Generationen vor mir wohl mindestens ebenso), reicher und könnte sie nun weitergeben, auf dass sie niemals in Vergessenheit geraten mögen, dann ...

... *tatti* (täte ich) vermutlich einige Handlungen, Einstellun-gen wenigstens jetzt – im Nachhinein und ohnehin zu spät, aber dennoch – ein wenig besser verstehen, könnte einiges, was mir seltsam, ja, geradezu unverständlich erschien, wenigstens jetzt andeutungsweise nachvollziehen, wenn auch nicht unbedingt goutieren und schon gar nicht rechtfertigen. (Was mir auch gar nicht zusteht – auch so eine Erkenntnis der späteren Jahre.)

So aber bleiben die Fragen, die keiner mehr wird beantworten.

Wie etwa jene, ob es denn tatsächlich sich so verhalten hat, dass die männliche Bevölkerung jener Gegend unterhalb von Beograd, die sich, zu der Volksgruppe der Donauschwaben gehörend, immer als Deutsche fühlten inmitten eines teilweise feindlichen, immer aber fremden, slawischen, serbischen Umfeldes, und das schon seit Jahrhunderten (um genau zu sein, seit den Tagen Maria Theresias, die nach der Eroberung dieser Landstriche von den Türken, ohne Rücksicht auf etwaige Vorbesitzer, Bauernsöhne, die zu Hause keine Chance hatten, den elterlichen Hof zu erben, da sie eben nicht der Erstgeborene waren, aber auch solche, die die Abenteuerlust in die Ferne trieb, aus eben dem Schwabenland einlud, sich als Wehrbauern in diesen „neuen" Reichsgebieten niederzulassen, als Bollwerk gegen den Islam und Vorposten des Deutschtums), im 3. Reich automatisch nicht zur „ordinären" Wehrmacht, sondern als Elite zur SS eingezogen wurden, wenn sie denn im wehrfähigen Alter waren (und das sank – wie man aus anderen Quellen sehr gut weiß – bis Kriegsende immer weiter nach unten, bis schließlich schon Halbwüchsige zu wehrfähigen Männern erklärt wurden) oder ob es eine andere Motivation gab, es auf Grund freiwilliger oder dem Zugehörigkeitsgedanken (dort, wo bist, will auch ich sein) geschuldeter Meldung geschah, dass die ganze männliche Verwandtschaft der Mutter – Vater und drei Brüder, der jüngste von ihnen gerade mal siebzehn – unter dem Totenkopf und den Runen der (Waffen-)SS endete, um für das „deutsche Vaterland", das keiner von ihnen jemals mit eigenen Augen geschaut, mit eigenen Füßen betreten hatte, zu kämpfen und zu sterben.

Oder jene, wie aus einer Südkärntner „Windischen", einer Slo-wenin von den Abhängen der Petzen (oder heißt es des Pet-zens – egal, mir reicht, dass es dort – und das sind Bilder aus meiner eigenen Erinnerung – Unmengen von Schwarzbeeren gab, die damals kein Mensch „Heidelbeeren" nannte und die wir aßen, bis Lippen und Zunge dunkelblau waren und dass sich der Petzenbär angeblich in den Wäldern herumtrieb, den Schafen manchmal als tödliche Begegnung, uns Kindern aber als ständige Drohung „Wonnst nit brav bist, donn hult di da Petznbea"), einer – vor allem wenn man die Möglichkeiten oder eher die Unmöglichkeiten einer weiterführenden Schul-bildung, insbesonders für weibliche Wesen, zu dieser Zeit und in dem bäuerlichen Umfeld, wo es schon ein Riesending war, dass das Dirndle nicht auf dem Hof als billige Arbeitskraft verblieb, sondern einen Beruf, und sei es auch nur Verkäu-ferin, erlernen durfte, in Betracht zieht – hochintelligenten, multilingualen (neben Deutsch sprach sie – no na – Slowe-nisch, aber auch Italienisch) Person, eine bis an ihr Lebensen-de (auch wenn sie es – zumindest in den Jahren, da ich mich bewusst und liebevoll erinnere – vermied, dies in der Öffent-lichkeit lautstark kundzutun –, wie gesagt, kluge Frau) dem Nationalsozialismus und seinen ideologischen Wurzeln fa-natisch verhaftete Person werden konnte.

(Dass es durchaus möglich ist, dass es den oberösterrei-chischen Sohn eines Nazis – und sei es über das Erbe eines nicht einmal blutsverwandten, sondern nur „gewählten" Onkels, der da seinerzeit auch nicht „Nein" geschrien hat, als Grund und Boden zu seinen Gunsten arisiert wurden – nach Kärnten verschlägt und er dort dem rechten Rand des politischen Spektrums als Leitfigur – so quasi als strahlen-der rechter Stern, so strahlend, so warm – dient, hat die Ge-schichte gezeigt, aber so?)

War es wirklich nur die Liebe zu und die Identifikation mit ihrem Gatten, dem Sohn einer Bäckers- und Geschäftsbesitzerfamilie, der – als nicht der älteste der Brüder eben nicht als Erbe, weder der Bäckerei noch des Gemischtwarengeschäftes, vorgesehen – in den Polizeidienst der Republik Österreich (der ersten wohlgemerkt, jener, die man beim besten Willen und zugegeben nicht nur aus eigenem Verschulden, manche meinen sogar, aus überwiegend nicht eigenem Verschulden, sondern der Zeit, den Menschen und dem auch politischen Umfeld geschuldet, nicht wirklich als Erfolgsmodell bezeichnet werden kann) eintrat und – auch ein Warum, das zumindest ich niemals in die Lage gekommen bin zu erfragen, er starb etwas über ein Jahr vor meiner Geburt – einer der ersten damals noch illegalen Nationalsozialisten in seiner Heimatgemeinde war.

Der es später (angeblich, denn auch da weiß ich nichts Genaueres, auch nicht, ob es als eine gute und dennoch angesehene Möglichkeit erkannt wurde, dem Morden und Sterben auf dem Schlachtfeld, der Front – egal ob Afrika, Stalingrad oder wohin der GRÖFAZ die Jugend – und bald schon auch, die Kinder und die älteren Semester – des tausendjährigen Reiches schickte, auf dass sie dort stürben, sinnlos zur vorgeblichen Ehre und zum Ruhme des Vaterlandes – zu entgehen und so relativ sicher den Wahnsinn zu überleben) zu einer leitenden Funktion im Werksschutz der Alpine oder, wie es damals hieß, der Hermann-Göring-Werke Donawitz brachte, auch wenn er (angeblich) einer der netten, der menschlichen Vertreter seiner Art war (Nazi mit menschlichem Antlitz, sozusagen, auch wenn das jetzt doch sehr nach bitterstem Zynismus klingt), für den sich dann sogar die unter seiner Aufsicht gestandenen Fremdarbeiter einsetzten, um ihm Gefängnis oder Schlimmeres zu ersparen (vergeblich übrigens, was die Haft betrifft, aber wer weiß …).

Er bekam – nachdem sich das Reich als doch nicht für tausend Jahre geeignet herausgestellt hatte – im Entnazifizierungslager der Alliierten in Wolfsberg anderthalb Jahre Zeit, seine Einstellung und ideologische Basis zu überdenken und zu revidieren.

Etwas, von dem ich nur annehme – denn einen Beleg dafür gibt es selbstverständlich nicht –, dass es niemals wirklich, sondern nur für die Außenwahrnehmung passiert ist.

Denn dass mit dieser Entnazifizierung auch der Verlust der Möglichkeit, jemals wieder in den Polizeidienst aufgenommen zu werden, schon gar nicht seinem Rang und der Funktion vor 1938 entsprechend – immerhin stand er, als der Anschluss vollzogen wurde, angeblich (aber auch da muss ich mich auf wenige, eher kryptische Bemerkungen meines Vaters verlassen, der von diesen Tagen nur sehr selten und dann nur sehr vage erzählte, auch darüber, dass sein Elternhaus zuerst von den Russen, dann von den Briten enteignet wurde – und es der Familie auch nie wieder zurückgegeben wurde – oder wie die Familie, rechtzeitig, ehe der „Iwan" zumindest den Vater nach Sibirien schicken konnte, nach Salzburg und damit in die U.S.-Zone gelangt war, er dort in Kontakt kam mit den amerikanischen Besatzungssoldaten, für die er – gegen entsprechend Zigaretten, Corned Beef und sonstige Luxuswaren – diverse Dienste, zumindest am Rande der Legalität – Fraternisieren war damals auch gegenüber „die Frauleins" noch verboten, aber was hätte einem noch nicht strafmündigen, Dreizehnjährigen schon groß passieren sollen – erledigte, und hoffen, diese nicht nur richtig zu erinnern, sondern auch zu interpretieren) im Rang eines Oberst – verbunden war und er dadurch gezwungen, seinen Lebensunterhalt fürderhin als Hilfsarbeiter zu verdienen, hat seine Liebe zur neuen Weltordnung und den demokratischen Verhältnissen in dieser neuen Republik wohl auch nicht gerade ins Unermessliche steigen lassen.

Und auch jene, ob denn tatsächlich – und hier befinden wir uns wieder tief im heutigen Serbien, über das zu diesem Zeitpunkt die Front „rollte, die Kampflinie zwischen der vorrückenden Roten Armee und den sich verbissen verteidigenden Einheiten der Wehrmacht und SS, jene hauptsächlich von Panzern definierte, auf Generalstabskarten beider Seiten schön mit unterschiedlichen Farben markierte Linie vor und hinter der die Partisanen den Weg bereiteten und das „wegräumten", was die Truppen der Sowjets übersehen hatten (oft genug die Zivilbevölkerung, die Frauen und Kinder der Donauschwaben, die „Deutschen", die, wenn sie Glück hatten, von serbischen Nachbarn und Freunden gewarnt und gerettet wurden – ja, es gab auch solche, es gab die, die denen, die wussten, dass ihre Zukunft, wenn sie denn eine haben wollten, irgendwo, aber sicher nicht mehr in der bisherigen Heimat sein würde, ihren Besitz, Häuser, Felder mit allem Drum und Dran um ehrliches Geld abkauften und ihnen so oft erst die Möglichkeit gaben, Fluchthelfer zu bezahlen und wegzukommen – oft genug aber solche Freunde nicht hatten, weil man war eben deutsch und die anderen ...) –, nachdem meine Großmutter erfahren musste, dass nun auch noch der letzte ihrer Söhne nicht als gefallen, aber doch als vermisst gemeldet worden war, sie sich aufmachte, nächtelang immer wieder, die Front zu durchbrechen, sich durchzuschlagen auf die andere Seite, um dort nach ihm zu suchen, immer in Gefahr, aufgegriffen, getötet oder was sonst ausgehungerte Soldaten mit einer Frau anstellen mochten zu werden, an der Hand (und das durchaus im wortwörtlichen Sinn) ihr letztes verbliebenes Kind, die damals knapp zehnjährige Tochter, meine Mutter.

Die Frage, was das mit einem Kind gemacht hat, ja, gemacht haben muss, die ständige Angst, das Zittern vor jedem knacksenden Zweig, vor jeder Stimme, die man aus der weiteren oder näheren Entfernung hören konnte, unabhängig davon, in welcher Sprache sich da jemand unterhielt – deutsch war es mit absoluter Sicherheit hinter der Front nicht mehr und wenn, wären es gefangengenommene Soldaten, die, ihren Häschern entkommen, nun von diesen gejagt würden, auch eine Situation, an der man besser nicht beteiligt ist –, wissend, zumindest von Gerüchten und vom Hörensagen, was denn die Russen oder, weit schlimmer noch, die Partisanen, Serben, mit denen man vielleicht jahrelang Dorf an Dorf gelebt hatte, mit deren Kindern man gespielt hatte (auch wenn es von den Eltern nicht gerne gesehen wurde), oder Abschaum – getrieben von Hass, vom Gefühl, jetzt im Sinne der guten, der richtigen Sache die Sau rauslassen zu können, weil nicht bestraft würde, was da getan, Kämpfer angetrieben von der „richtigen, der antifaschistischen" kommunistischen Ideologie, von Rachegefühlen, da die Deutschen mindestens ebenso wenig zimperlich mit tatsächlichen oder vermeintlichen Feinden und Kollaborateuren umgingen, von Gier nach Hab und Gut – mit dem „Feind", noch dazu, wenn er sich in weiblicher Gestalt zeigen sollte, machen würden. Das Quietschen der Panzerketten, das Heulen der Stalinorgel, Maschinengewehrsalven ständig im Ohr, in der Nase der Gestank brennender Häuser, brennender Felder, brennender Menschen – diese Frage stellt sich gar nicht, eher die, wie das jemand – nicht nur körperlich, sondern vor allem seelisch – überleben konnte.

Wie die Flucht aus dem tiefsten Frontgebiet am Balkan überhaupt gelingen konnte, wer da seine helfenden Hände im Spiel hatte, welche Gegenleistung dafür erbracht werden musste, sei es die Preisgabe jenes Ortes, an dem – bevor die terminalen Ereignisse über dem Dorf zusammenschlugen und in Erwartung dessen, was da kommen und hoffentlich, nein, sicher – so, wie alles bisherige in der doch schon langen Geschichte der Siedlung – wieder gehen würde – der Familienschmuck und möglicherweise auch etwaige Erb- und Erinnerungsstücke ohne Rücksicht auf deren materiellen Wert vergraben waren, sei es was auch immer ...

Wie das Internierungslager, das serbische Hunger- und (wenn auch nie offiziell von serbischer Seite zugegeben) Vernichtungslager – tausende Menschen zusammengepfercht, gestrandet zur Arbeit für die neuen Herrn gezwungen – und seine Versorgungs-, ja was, -missstände wäre schon zu viel des Lobes, wenn nichts da ist, kann auch niemand versorgt werden, der Hunger, der dazu zwang, alles, was irgendwie nahrhaft sein konnte, zu sich zu nehmen, ungeachtet der Folgen für Magen, Darm und sonstige Gesundheit – überlebt werden konnte ...

... wie es doch noch gelang, aus dem Lager zu fliehen, im letzten Augenblick den – tatsächlich bereits abgefahrenen und sich in Bewegung setzenden (was zu diesem Zeitpunkt keiner wusste, es aber dennoch war) – allerletzten Zug in Richtung Sicherheit nicht nur zu erreichen, sondern auch auf diesen aufzuspringen, hochzuklettern, von hilfreichen Händen geschoben, gezogen und dabei sich nicht aus den Augen zu verlieren, zusammen zu bleiben, als letzter, kläglicher Rest der Familie.

Ist all das und das, was alles danach noch geschehen sollte, bis hin zur Möglichkeit, eine Ausbildung abschließen zu können, einen Beruf ausüben zu können, dem Leben in Sicherheit und später dann auch in (bescheidenem, aber doch) Wohlstand, der Grund für die tiefe Frömmigkeit oder wurde diese schon in die Wiege gelegt, war sie Teil des kulturellen Erbes?

Fragen, die heute vielleicht nicht auf der Zunge brennen, aber doch interessieren, Fragen, was es auf sich habe mit diesen, immer wieder in Unterhaltungen eingeschobenen Bemerkungen, die man damals, als sie gefallen, gar nicht beachtet hat, die aber dennoch irgendwie hängen geblieben und die man gerne näher ausführen ließe.

Fragen, die nie gestellt wurden.

Zum einen, weil man nicht an alten, möglicherweise niemals verheilten Wunden rühren wollte, sie aufreißen, bloßlegen und dann auch noch Salz in sie streuen, den mühsam gefundenen Seelenfrieden nicht stören, vertreiben will, den Anschein der „Es ist alles gut" Normalität mitträgt, in der Hoffnung, dass es mehr sei als nur Anschein.

Zum anderen auch, weil die entsprechenden Menschen nicht (mehr) da sind, um sie zu fragen, sie nicht mehr Auskunft geben können, es nicht nur so etwas wie die Gnade der späten Geburt gibt, sondern wohl auch deren Fluch (wobei Fluch, wenn man an die Ereignisse denkt, an das, was man weiß, wissen muss, gelernt hat, sicherlich ein sehr starkes, vermutlich zu starkes Wort ist, halten wir es doch mit dem letzten Generalsekretär der KPdSU, dessen Satz für die Geschichtsbücher lautet: „Wer zu spät kommt, den bestraft die Geschichte", in unserem Fall dann eben dadurch, dass es keine Antworten mehr gibt), wenn sie es denn überhaupt wollten.

Denn auch das darf nicht außer Acht gelassen werden – sie hätten erzählen können, so wie manch einer oder eine erzählt von Dingen, Ereignissen, Personen, die man gar nicht wissen, gar nicht kennen will, und haben es nicht getan, weil es für sie zu traumatisch, zu schmerzhaft gewesen wäre, es selbst in Anekdoten weiterzugeben, nicht einmal, wenn sie sich auf die – sicherlich auch vorhandenen – hellen Augenblicke beschränkt hätten (weil der dunkle Zwilling der schwarze Rahmen immer mitgeschwungen wäre).

Gut, manch andere (auch in der – angeheirateten, zugegeben, aber doch – Familie) haben geredet, erzählt, „Schmankerl zum Besten gegeben", das Grauen verharmlost, so dass man sich manchmal als Zuhörer gar nicht mehr fragt, wie es möglich ist, dass sich die alten Kameraden in ihren Treffen an die „schönste Zeit der Jugend" erinnern, haben es in den Erzählungen als eine Art von Abenteuerurlaub erscheinen lassen, wenn sie berichteten von damals, als die Handgranate, die ins Zimmer geworfen ward, eben nicht explodiert ist oder der Kopfschüssler doch überlebt hat, weil man ihn kilometerweit mitgeschleppt und nicht irgendwo liegen gelassen hat, während anderes ausgespart wurde, bewusst „vergessen", weil es etwas ist, dessen sie sich nicht wirklich rühmen mochten oder weil das Unaussprechliche eben unaussprechlich, zu grauenvoll, zu brutal, zu unmenschlich.

Vielleicht hätte man aber auch nur genauer hinhören müssen, die Nebengeräusche wahrnehmen, das hören, was nicht gesagt wurde, die dröhnende Stille, zwischen den Zeilen lesen.

Vielleicht hat der alte Finne mich ganz anders im Griff.

Hätti genauer zugehört,
wari aufmerksamer gewesen,
tatti möglicherweise jetzt nicht über alte Geschichten, unbeantwortete Fragen philosophieren und über möglicherweise schon längst gelegte Eier gackern.

Schon wieder ein Einschub

(und schon wieder ...)

Manchmal ist es schmerzhaft, sich zu erinnern, so schmerzhaft, dass es tunlichst vermieden wird, zugeschüttet mit Alltag, großen Kleinigkeiten, dem, was halt so passiert – auch wenn irgendwo, tief drinnen der Wunsch besteht, „noch einmal – wenigstens von der Weite – die alte Heimat zu sehen", wissend, dass dort nichts mehr so ist wie in der Erinnerung, dass die Häuser, die Felder ... nicht mehr sind, nicht mehr sein können und selbst wenn die Mauern noch stünden, wären sie anders, erfüllt mit anderem Leben, mit anderen Erinnerungen, die wohl ebenso darauf erpicht sind, dass die Gespenster nicht fröhlich herumtanzen, allein die Donau, breit, mächtig, ein silbernes Band, fast wie ein See, ehe die Felsen des Eisernen Tores sie wieder zusammendrängen, einengen, um dann, wenn sich plötzlich die reelle Möglichkeit ergibt, wenn es heißt, dass, wenn es denn der Wunsch sei, es selbstverständlich ... zurückzuschrecken, es auf die körperliche Konstitution schiebend, doch nicht zu wagen, diesem Wunsch nachzugeben, wohl auch in dem fast sicheren Gefühl, diese Konfrontation mit der Wirklichkeit nicht verkraften zu können, vielleicht aus der Angst, von der Wirklichkeit enttäuscht, auf den harten Boden der jetzigen Realität geworfen zu werden, viel mehr aber vermutlich der Angst, dass dann alles wieder da wäre und das wäre zu viel, nicht zu ertragen.

Angst vor dem Ort – dem Ort, wo die Erinnerung Wirklichkeit war.

Solche Orte, Orte, an denen Erinnerungen kumulieren, Gespenster darauf warten, dass es Nacht werde, um hervorzutanzen aus dem Dunkel – und nicht alle Gespenster müssen zwangsläufig böse sein –, Orte, an denen oder auch in denen sich Dinge ereignet ha-

ben, die einen zu dem (oder eine zu der, eines zu dem – egal) haben werden lassen, der man jetzt ist, Orte, die immer wieder auftauchen in der eigenen Biografie, die man nicht abstreift, abstreifen kann – nicht nur in der Erinnerung, sondern auch im wirklichen Leben –, die machen, dass man sich vorkommt wie der sprichwörtliche Täter, den es immer wieder zurückzieht, Orte und die mit diesem Ort unmittelbar verflochtenen Menschen, die einen begleiten durch die Jahrzehnte, die mit einem mitaltern, vertraut sind, vertraut bleiben – nicht zu Hause und trotzdem daheim, hat – der eine mehr der andere weniger – vermutlich jeder Mensch.

Von so einem Ort soll jetzt die Rede sein – einem Garten, um es präziser zu formulieren, einem Garten, der mich seit nunmehr wohl schon fast einem halben Jahrhundert immer wieder in seinen Bann zieht, der nicht nur meine Fantasie immer wieder beflügelt hat, der Schauplatz und Zeuge von so manchem war, das man trotz allem besser verschweigt, neben all dem, woran man sich gerne erinnert und dessen (heutige) Besitzer seit eben diesem halben Jahrhundert Freunde sind.

Und so begeben wir uns – so seltsam dies auch klingen mag, wiewohl es genau in unsere Mischung aus „Ask Alice, when she's ten feet tall" und „C'est pas une pipe" passt – ausgerechnet in einen Garten im Garten – in das virtuelle Abbild eines tatsächlich existierenden Gartens im imaginären Garten dessen, der da von sich behauptet, dass er – wie alle Kreter – lüge.

Surfin' the Iron Butterfly

„Oh, won't you come with me … please take my hand"

In-A-Gadda-Da-Vida

Eigentlich hätte es ja, wenn man den diversesten Berichten Glauben schenken darf, „In a Garden of Eden" heißen sollen, aber der Sänger von Iron Butterfly war nach Genuss von – und da gehen jetzt die Berichte auseinander beziehungsweise geben die direkt beteiligten Personen im Laufe der Zeit die unterschiedlichsten Versionen zum Besten (und es zeigt sich in diesen unterschiedlichen Aussagen auch die Einstellung manchen Rauschmitteln gegenüber beziehungsweise deren Wandel im Laufe der Zeit) – zu viel LSD, laut späteren Aussagen zu viel Wein und am Ende dann gar nur auf Grund eines schlecht eingestellten Kopfhörers – „Nein, Rauschmittel haben wir nie, niemals nicht zu uns genommen – hicks – und schalt endlich deine grünen Leuchtaugen aus!" – nicht in der Lage, dies richtig zu verstehen, akustisch natürlich, und so entstand diese Nonsens-Wortschöpfung.

Und doch war diese Hymne der Flower Power immer irgendwie – weil man ja wusste, was der Titel eigentlich hätte bedeuten sollen – mit Garten verbunden, einem imaginären, wunderbaren Garten, der sich direkt neben dem Reich der Herzkönigin oder zumindest gleich da, irgendwo links von Shangri La befinden musste, und gleichzeitig auch mit einem wirklich existierenden Garten, dem Mittelpunkt so manchen Festes, manchen Zusammenfindens, von Happenings, einem Garten, der im Laufe seiner jüngeren Geschichte nicht nur so

manchen Preis bei Gartenwettbewerben erringen konnte –
sogar „garantiert legale THC-freie Hanfpflanzen", die sich
zwischen die Tomaten ins Glashaus geschmuggelt hatten,
wurden gewürdigt und mitprämiert –, der im Laufe der Jahre
irgendwie zu einem persönlichen Gadda da Vida wurde, dessen
heutige Besitzer zu den ältesten Freunden zählen und deren
frühere Besitzer (die Eltern) so manches mitmachen muss-
ten – auch mit dem eigenen Filius und dessen Freundesschar.

Horst ist zurück von seiner Interrail-Tour und er hat Freunde
mitgebracht. Neue Freunde, die er unterwegs getroffen, kennen gelernt hat und die er – großzügig – eingeladen hat, nicht
nur in der kleinen Stadt in den Bergen Station zu machen,
sondern auch gleich in diesen Garten mitzukommen (na gut,
hätte er sie einsam irgendwo in der Stadt aussetzen sollen?).
   Bente und Greta aus Norwegen und Mark aus den USA –
aus Amerika halt, wie man gemeinhin sagt.
   (Dass Bente dann in Österreich bleiben würde, zuerst der
Liebe zu Horst wegen, dann aus beruflichen Gründen – sie
studierte hier und wurde, was zu Zeiten, da Österreich noch
und Norwegen überhaupt nicht der EU angehörten, gar nicht
so einfach war, Lehrerin, angestellt vom Land Steiermark –
und schlussendlich doch wieder der Liebe wegen – allerdings
zu einem Kollegen aus der Untersteiermark, ahnte zu diesem
Zeitpunkt wohl nicht einmal sie selbst.)

Das Bier fließt, die Stimmung steigt und alle amüsieren sich,
sogar Mark, der des Deutschen ungefähr gleich mächtig ist
wie ein durchschnittlicher Mitteleuropäer des Mandarin (außer „Ni Hao", „Xiexie la" und „Bàituō" ist da vermutlich nicht
viel, was man dem Kellner des örtlichen Chinarestaurants in
seiner Muttersprache mitteilen kann, wenn überhaupt), was
aber mit Händen und Füßen sowie dadurch ausgeglichen wird,
dass die Anwesenden ihre mehr oder weniger vorhandenen
Englischkenntnisse auspacken.

Irgendwann kommt es dann zu folgendem Dialog:

Kleiner Steirer (wer auch immer von den Einheimischen, es ist nicht mehr nachvollziehbar und nebenbei bemerkt auch vollkommen egal), nicht mehr ganz nüchtern, auf dem Weg hinter die Büsche:

> I muaß amoi schiff'n

Mark beugt sich zu dem am nächsten Sitzenden:

> What did he say?

Dieser (und ich fürchte, das war ich):

> You know, the beer that goes in, must come out again. And the Styrian word for that is (among others) „Schiffen", in English „to ship" – I know that you use another word but that's the translation. And the room where you do that, is the „shipping room" – just kidding, of course.

Wenig später steht Mark auf.

Horst: Mark, where are you going?

Mark in voller Lautstärker und Begeisterung:

> I'm going to the shipping room.

Cut, Szenenwechsel.

Das heißt, die Location bleibt gleich, die beteiligten Personen sind auch in etwa dieselben, wenn man jetzt einmal von etwaigen ausländischen Gästen absieht, schließlich waren wir eine eingeschworene Partie, die sich da zusammengefunden hatte, ein harter Kern, an den dann – für mehr oder weniger lange – andere andockten, diverse Freundinnen kamen dazu, gingen wieder, dafür kamen andere ...

Immer wieder liest man zwischendurch in Zeitungen, hört in den Nachrichten, sieht – von den Betreffenden teilweise selber gefilmt – man glaubt gar nicht, wie sehr moderne Technologien, der angebliche Fortschritt auch dazu verwendet wird, um Stumpfsinn und Blödheit zu verbreiten (früher gab es sicher nicht weniger Idioten als heutzutage, aber sie waren mehr oder weniger isoliert, aber heute könnte man meinen, sie hätten den Aufruf der ehemaligen proletarischen Kampforganisationen für sich entdeckt: „Idioten aller Länder, vereinigt euch", und all der Schwachsinn, der dem einen nicht selbst einfällt, den bekommt er via soziale oder asoziale Netzwerke brühwarm serviert und zur Nachahmung empfohlen – es soll Leute geben, die der Meinung sind, dass ohne Twitter der amerikanische Präsident mit dem Vornamen eines keifenden Erpels aus Walt Disney's Feder nie amerikanischer Präsident geworden wäre – und damit der Welt einiges erspart geblieben) – Menschen, meist männlich, jung und nicht ganz nüchtern, die auf Zügen (egal ob Eisenbahn oder U-Bahn) surfen, sprich auf dem Dach stehen, während sich diese – oft in rasender Geschwindigkeit – bewegen.

(Dass immer wieder einige dieser Intelligenzbestien in den Stromkreis der Oberleitung geraten, fällt unter „natürliche Auslese", würden böse Zungen behaupten.)

Doch kaum jemand weiß, wo dies entstanden und auch, dass dieser „Sport" eigentlich ganz anders angefangen hat.

Da war nichts mit Zug.

Auch nicht mit Straßenbahn oder sonst was mit Schienen. Es begann mit einem Käfer.

Um genau zu sein, mit einem VW-Käfer.

Um noch genauer zu sein, mit einem rosafarben lackierten Käfer.

(Warum Ursus sein Auto ausgerechnet in „pink brutal" lackiert hatte, entzieht sich meiner Erinnerung, wenn ich es denn jemals gewusst habe, und vermutlich weiß er – retrospektiv – selber nicht mehr, welcher Kobold ihm da auf der Schulter gesessen und diese Idee ins Ohr geflüstert hat.)

Auf alle Fälle stand er da.

Und bald darauf ich auf dem Dach.

Habe ich schon erwähnt – meistens jung, männlich und nicht ganz nüchtern? – Okay.

Ursus am Steuer seines Boliden versuchte nun, mit mir auf dem Dach und unter anfeuerndem Gejohle der Anwesenden einen vorgegebenen Kurs – im Slalom zwischen den damals noch recht dicht und zahlreich stehenden Obstbäumen – so schnell wie möglich zu absolvieren, aber gleichzeitig so sanft, dass er mich nicht verlöre, sprich mit Dachfigur die festgelegte Ziellinie erreiche.

Mein Job war es, etwaigen Ästen so geschickt auszuweichen, dass mich diese nicht herunterfegten und ansonsten nur, mich möglichst lang – am besten die ganze Runde – auf dem Käferdach zu halten.

Die Übung gelang.

Dass ich dann beim Abstieg – eigentlich Absprung, um nur ja nichts am Käfer einzudellen oder einen Kratzer in den gerade trocken gewordenen Lack zu fabrizieren – dann auf der Tischtennisplatte, eigentlich einer Eternitplatte (wäre heute wegen Asbestgefahr – und somit der Gesundheit ausgesprochen abträglich – schon lange schwer illegal und deshalb schon längst entsorgt, als Sondermüll selbstverständlich und nicht irgendwo im Wald, an einen Baum gelehnt, „vergessen"), auf der ein Tischtennisnetz gespannt war, kurz zwischenlandete, worauf diese mit einem lauten Knall zerbrach ...

Dafür bekam ich nicht Hausverbot.
Das wurde mir nur jahrzehntelang bei jeder passenden und unpassenden Gelegenheit in Erinnerung gerufen.

Hausverbot gab's für etwas, für das ich absolut nichts konnte.

Einsetzender Sommerregen – vielleicht auch ein Gewitter – hatte die lustige Gartenrunde ins Haus getrieben, ein Umstand, der dadurch begünstigt wurde, dass die Eltern sich auf Urlaub in bella Italia befanden, die Bude also sturmfrei war (wie man den Umstand, dass eventuell kontrollierende Autoritätspersonen durch Abwesenheit positiv auffallen, damals nannte, wie es heute heißt, entzieht sich der Kenntnis).
Und wie es halt manchmal so ist, bekam irgendwer Hunger und ein anderer behauptete, kochen zu können, was von allen anderen angezweifelt wurde, was selbstverständlich sofort dazu führte, dass der Beweis für die doch vorhandenen Kochkünste angetreten wurde.

Die Vorräte wurden kontrolliert und schlussendlich ward der Beschluss gefasst, dass es Kartoffelpuffer für alle geben solle.
Was folgte, war kollektives Erdäpfelschälen, Schneiden von Zwiebeln ... bis schlussendlich das fertige Erdäpfel-Zwiebelgemisch – fein säuberlich geknetet und zu flachen Laibchen geformt – nach dem Motto „Wer braucht schon eine Pfanne, Pfanne ist feig" –, einfach auf die heißen Platten des E-Herds gepappt wurde.

Irgendwann dann verließ ich die Party (im Gegensatz zu vielen anderen hatte ich damals die strikte Vorgabe, zu einer bestimmten Zeit zu Hause zu sein).

Nun begab es sich aber, dass das Wetter in Lignano, oder wohin auch immer sie sich an den Strand des Mare Nostre begeben hatten, so mies war, dass die Eltern ihren Ausflug in südliche Gefilde vorzeitig abbrachen und – selbstverständlich, ohne jemandem von ihrer Entscheidung zu informieren, also ohne Vorwarnung – spätabends in ihr Haus zurückkehrten.

Dass sie über in sämtliche verfügbaren Perserteppiche eingerollte Gestalten steigen mussten, die da schnarchend am Vorzimmerboden lagen, darüber gingen sie stillschweigend hinweg, das war schon öfter vorgekommen, das leise vor sich hin stöhnende Pärchen in der hintersten Ecke eines Zimmers, das sich doch sehr interrupiert und ertappt fühlte, ignorierten sie auch noch irgendwie, aber was sie dann in der Küche erblickten …

Auf die empörte Frage, wer für diese Sauerei verantwortlich sei, kam das subtraktive Verfahren zu Anwendung.

Selbstverständlich war es keiner der Anwesenden.

Und der Einzige, der zu diesem Zeitpunkt eben nicht mehr anwesend war …

So kam es, dass ich für einige Zeit nicht mehr gerne gesehen war, ich – nennen wir es beim Namen – Hausverbot hatte, ohne auch nur das Geringste getan zu haben, außer eben gegangen zu sein.

Cut.

Jahre sind ins Land gezogen, der Garten ist an die nächste Generation weitergereicht worden, hat sein Gesicht geändert, dort, wo früher unzählige Obstbäume standen, sind jetzt Blumenbeete, ein Teich und ein Stall für die Laufenten, doch ich komme noch immer regelmäßig in diesen Garten.

Älter sind wir geworden, zugegeben, allein weniger kindisch …

Es hatte sich – mein Freund, der Gartenbesitzer, war inzwischen auch mein Berufskollege (auch, wenn er – wie er selbst immer feststellt – den Beruf vor allem wegen der Sozialversicherung ausübte, etwas, das, wenn man ihn einmal in voller Fahrt erlebt hat und wenn man weiß, an wie vielen Aktivitäten er zusätzlich und freiwillig, aus Lust an der Freud, beteiligt war, sich als das offenbart, was es vermutlich auch ist – eine flapsige Bemerkung unter vielen, nicht mehr. Und doch harmlos im Vergleich zu der, als er feststellte, mit manchen Kolleginnen zu interagieren und kommunizieren wäre im Grunde nichts anderes als „Perlen vor die Säue" zu werfen – er hätte sich daran dann fast verschluckt, aber er brachte die Worte nicht mehr in den Mund zurück) – die Tradition entwickelt, das Schuljahr würdig in eben diesem Garten, unter dem alten Nussbaum bei Speis und (viel mehr) Trank ausklingen zu lassen.

Der Frühsommer war nicht sehr warm gewesen, eigentlich war es kein Frühsommer gewesen, sondern eher ein „grün angestrichener Winter" (H. Heine) und aus diesem Grund und wohl auch, weil er Besseres zu tun gehabt, als den Pool besucherreif zu machen, schillerte eben dieser noch in den algengrünsten Tönen, lud also nicht wirklich zum Plantschen ein.

Der Abend war lau, die Stimmung stieg mit der Menge des gezapften und getrunkenen Gerstensaftes, allein eine Kollegin ... – zu sagen, sie wäre ungut aufgefallen, zu sagen, sie hätte an diesem Abend unqualifiziert gemeldet, zu sagen, es hätte einen ersichtlichen Anlass gegeben, wäre falsch.

Es war eher so, dass die böse Mischung aus jahrelang aufgestauten Ressentiments und gegenseitigem „Das traust du dich nie" – „Sag nicht feige Sau zu mir" ... verbunden mit einem skurrilen Verständnis von Spaß und ausreichend von dem, was die keine hundert Meter Luftlinie entfernte Brauerei zu liefern imstande war, schlussendlich zu einem koordinierten Angriff – „… ihr nehmt die Arme und wir die Beine und dann …" – führte.

Sie war sich vermutlich sicher, dass wir es niemals wagen würden, uns unsere Höflichkeit, der Anstand, ein Mindestmaß an gutem Benehmen und das kleine Bisschen Restvernunft schon davon abhalten würden, sie tatsächlich in den – wie gesagt, in allen erdenklichen „shades of green" (ganz Irland hätte vor Neid erblassen können) schillernden – Pool zu schmeißen, vermutlich auch noch, als wir – schon am Rand stehend – begannen, sie hin- und her zu schwingen.

Sie hat sich getäuscht.

Die Hausherrin gab ihr dann etwas Trockenes zum Anziehen.

Und wir begossen den begossenen Pudel, bis nur noch der harte Kern übrig war, es nichts mehr zu trinken gab, außer einer Flasche Fernet Branca und dann auch die nicht mehr.

Cut, Szenenwechsel.

Damit es auch einmal etwas esoterisch, mystisch wird – etwas, was dieser Garten inzwischen auch ausstrahlt, mit all den Römersteinen, postkeltischen Knochen, die da von manchen Bäumen hängen, bemalten Stämmen und Hölzern –, möchte ich nun davon berichten, wie sich – vollkommen unvorstellbar und nur mit den kompliziertesten physikalischen Denkmodellen vielleicht andeutungsweise erklärbar – die Zeit dehnte und dann wieder zusammenzog um schließlich … keine Ahnung.

Ich hatte – wieder einmal, allerdings nicht mehr, weil ich zu einem bestimmten Zeitpunkt gefälligst zu Hause zu sein hatte, sondern weil das Fest irgendwann zu seinem Schluss gekommen war – mich auf den Weg gemacht, rauchte eine Zigarette (nicht die mit dem letzten Glas im Steh'n, sondern am Weg), zündete mir, nachdem die eine fertig geraucht war, noch eine – die letzte aus der Packung – an und dämpfte diese vor der Haustür aus, blickte auf meine Uhr und stellte fest, dass zwei Stunden vergangen waren.

Bis heute ist mir unerklärlich, nicht dass ich eventuell für eine Wegstrecke, die man normalerweise in einer knappen halben Stunde bewältigt, zwei Stunden gebraucht haben sollte (das wäre irgendwie noch – über die Verlängerung des Weges durch eingelegte Mäander und Serpentinen sowie etwaige Pausen, wozu auch immer – schwer, aber doch nachvollziehbar), sondern wie es sein kann, dass jemand zwei Stunden an zwei Zigaretten rauchen kann – wenn ich denn heute noch rauchte – DEN Stoff hätte ich gerne wieder.

Cut.

Und so gäbe es unzählige – heitere und nur für wenige, mit einem etwas skurrilem Humor ausgestattete Mitmenschen heitere – Ereignisse aus diesem Garten zu berichten, von tragischen und nur von den direkt Betroffenen als tragisch empfundenen Momenten, könnte man Schnurren zum Besten zu geben wie ...

... die vom heute als Opernsänger an durchaus großen Häusern engagierten Jonny aus Hafning, der damals als einer der besten Gitarristen der Gegend galt, einer, der fähig war, den Säbeltanz von Chatschaturjan sogar mit Handschuhen fehlerfrei zu spielen und dem ausgerechnet bei einer Lagerfeuerschnulze – allerdings in vom Gerstensaft leicht bis mittelschwer beeinflussten Zustand – gleich zwei Saiten rissen ...

... oder die vom Blueskonzert, wo – anlässlich des Welttages des Bieres vor einer handverlesenen und persönlich eingeladenen Gästeschar – von durchaus bekannten – vor allem aber mit den Besitzern bekannten, weil diese auf jedem Bluesfestival, das nur irgendwo zu erreichen ist, vertreten sind und nach all den Jahren natürlich die Musiker zu Freunden geworden sind – Bluesgitarristen aufgespielt wurde und plötzlich einer der Gäste aufstand, zu seinem vor dem Haus geparkten Auto ging, ein Schlagzeug herausholte und die ganze Angelegenheit zu einer Jam Session wuchs ...

... die vom Fass, das ich dort mit einigen wenigen Kollegen anlässlich meiner Matura aufmachte, fünfundzwanzig Liter für fünf Personen sind ja wohl kein Auftrag ...

... von wüsten Streitereien, die – ausgehend von einem mitten in der Wiese stehenden (allerdings dorthin nicht mit dem rosaroten Käfer geschleppt, darauf wird Wert gelegt). schon deutlich in die Jahre gekommenen Caravan – durch den Garten hallten und sicherlich noch einige Gärten weiter zu hören waren, die sich dann doch nur als Rollenstudium und Probe für eine Theateraufführung des – noch immer als Hälfte des kongeniales Schauspielduos aktiven – Bruders und seiner (damals auch Lebens-, inzwischen nur noch Bühnen-) Partnerin entpuppten ...

... von der Klappe, die mir anlässlich eines runden Geburtstages von der versammelten – und auf meine Kosten verkösttigten – Kollegenschaft, einer zumindest damals liebevoll gepflegten Tradition folgend, eben jener, den Jubilar mit einem kleinen Geschenk und einem extra neu getexteten Lied, einem Gedicht, ja, manchmal sogar einem Minidramulett zu ehren, überreicht wurde, angeblich (behaupte ich jetzt, andere würden das sofort und ausdrücklich bestätigen) in Anspielung darauf, dass es manchmal doch besser sei, ebendiese zu halten ...

... von, von ...

Doch wie heißt es doch so schön für Las Vegas und das soll auch für den Gadda da Vida gelten:

Was dort war, bleibt dort.

Den Garten allerdings kann man – hochoffiziell und in lokalen Zeitungen angekündigt – manchmal auch besichtigen, ohne die Besitzer vorher gekannt zu haben, kann sich führen lassen, ins Plaudern kommen und vielleicht, wenn die Sterne günstig stehen oder die Wellenlänge stimmt oder ... es könnte sogar passieren, dass man hineingezogen wird in eine Geschichte, in ein Ereignis, das dann weitergetragen wird, in Erinnerung bleibt.

Oder doch nicht.
Wer weiß?

... please take my hand

Interessante Zeiten

Wenn dir in China jemand Böses wünscht, so sagt er nicht, dass dich der Teufel, der „Grauspauli", der chinesische Onkel vom Klabautermann oder sonst jemand holen möge, auch nicht, dass dir der Himmel auf den Kopf fallen soll, ja nicht einmal, dass es dir vergönnt sein möge, alle Pforten Dantes (nein, es ist jetzt nicht von der „Divina Commedia" die Rede, sondern vom anderen, noch immer mindestens ebenso bekannten Œuvre dieses italienischen Dichters und Gelehrten) zu durchschreiten oder wenigstens die Rückseite des Wolkenspiegels zu betrachten, sondern dann wünscht man dir, du mögest in interessanten Zeiten leben.

Und meist geht dieser Wunsch dann auch in Erfüllung.
Denn es gibt sie.
Es gab sie eigentlich immer.
Diese interessanten, diese bewegten, bewegenden Zeiten.

Diese Augenblicke – heutzutage mit all den Mitteln modernen Kommunikationstechnologien jederzeit und überall auf dem Erdball in Echtzeit mitzuverfolgen und deshalb – gefühlt – so unmittelbar, so nah, so direkt betreffend (da ist nichts mehr mit dem goethe'schen „... was schert es uns, wenn sich in der hintersten Türkei die Völker ...", etwas, das man seinerzeit ohnehin erst dann – möglicherweise, möglicherweise aber nicht einmal dann – erfahren hätte, wenn alles schon längst wieder vorbei ist) –, da die Welt den Atem anhält, für einen Augenblick still zu stehen scheint, um sich dann umso schneller zu drehen, und es ist mit einem Mal anders, die Augenblicke, wenn du weißt, so wie es war, wird es nie wieder, wenn der Tsunami mitreißt, scheinbar die Sonne von Himmel fällt (gut, sie muss ja nicht immer knapp zwei Promille intus und hundertvierzig Stundenkilometer drauf haben), aber auch wenn sich eben dieser Himmel mit einem Mal – völlig unerwartet – zu öffnen scheint, ein Stern aufgeht, eine Mauer stürzt.

Jene unvergesslichen Momente, die sich tief eingraben in das kollektive Bewusstsein der ganzen Welt, eines Landes, die Spuren hinterlassen in den Menschen, in den Geschichtsbüchern, aber auch jene ganz individuell erlebten, für keinen anderen von wirklicher Bedeutung, aber dennoch ... jene Momente, wo man die, die es miterlebt haben, die Zeuge wurden, auch noch Jahrzehnte später fragen kann, wo und unter welchen Umständen ... und sie noch genau wissen, wo sie waren, was sie gemacht haben, als ...

Etwa an den Iden des März, an denen – „Gott schütze Österreich" war noch kaum verhallt – der kleine Gefreite aus Braunau am Inn, der – missverstanden und unbeachtet in der Heimat, nach Deutschland gehen musste, um Karriere zu machen –, die „Heimkehr seiner Heimat ins Reich" verkündete und hunderttausende jubelten – und man sieht nur die im Lichte, die Heilbrüller, die Hände in die Höhe Reckenden, die im Dunklen, die bangten, die Tränen in den Augen, die Fäuste geballt, sieht man nicht.

Oder an jenem Septembermorgen da die Stimme desselben – inzwischen als „Größter Führer Aller Zeiten" bekannten – kleinen Eiernockerlgenießers, der auf Fleisch verzichtete und doch so sehr (natürlich nur reines) Blut liebte, aus den Volksempfängern schnarrte und dem „teutschen Volk" und der Welt erklärte, dass seit fünf Uhr fünfundvierzigzurückgeschossen werde.

Oder jenem Maientag, als ein anderer kleiner Mann im Park des Schlosses Belvedere der jubelnden Menge ein dickes Schriftwerk zeigte, das, frisch unterschrieben von den Vertretern der Siegermächte, es endgültig besiegelte – „Österreich ist frei!"

Oder an jenem Novembertag in Dallas, als Jackie in ihrem rosaroten, und bald schon blutrot gefleckten Kostüm sich nach hinten beugte, um dem Secret-Service-Agenten ins Auto zu helfen, obgleich für den Mann, für dessen Schutz er eigentlich zuständig gewesen, dessen Kopf, von der Kugel durchschlagen, förmlich explodiert war (es gibt Fotos, da sieht man die Corona aus Blut und Gehirn wie einen Heiligenschein) jede Hilfe zu spät kam.

Und nun ergibt es sich manchmal – wie gesagt, wenn man daran glauben möchte, vor allem dann, wenn einem irgendein Chinese (möglicherweise weil man das kleine rote Büchlein nicht genug oder noch immer nicht zu würdigen wusste, oder war es die Katze in „schalfe Soße") dies gewünscht hat –, dass man mitten in solchen interessanten Zeiten, in besonderen Ereignissen steckt und ihnen nicht entkommen kann, so sehr man es sich auch wünschen möge.

Einen Teil davon, jenen, den ich schon sehr bewusst miterlebt habe, bewusster als jenen Moment, da der Ball von der Querlatte prallte, deutlich vor der Torlinie aufsprang und das Tor dennoch gegeben wurde, bewusster sogar noch als jene Stunden, mitten im Sommer, da der Frühling, der Traum vom Sozialismus mit menschlichem Antlitz mit einem Mal vom Winterfrost niedergewalzt wurde, da die brüderlichen, zumindest aber „befreundeten" Panzer durch Prag rollten und ein Schulkollege vorschlug, man solle doch den Berg gleich hinter dem Haus hinaufsteigen, um zu schau'n, ob man diese von dort sehen könne – diesen Teil, möchte ich wieder hervorzerren aus der Historie und betrachten, eingedenk dessen, was sich in diesem Moment, in diesen Zeiten unwiderruflich verändert hat.

Sommer 1969

Ein Sommer der gleich einige dieser Momente bringen sollte, solche, die einer Mehrheit der Menschen auf diesem Planeten am Allerwertesten vorbeigingen, vor allem jenen, die da jenseits einer bestimmten Altersgrenze waren, und solche, die eben diese Mehrheit in ihren Bann ziehen würden.

Es war einige Tage vor Schulschluss, als dem – dank elterlicher Obsorge – damals noch weitgehend von Pop- und Rockmusik „unverdorbenen" Dreizehnjährigen auffiel, dass eine nicht unbeträchtliche Anzahl älterer, weiblicher Mitschüler (normalerweise – und um den Anforderungen des 21. Jahrhunderts zu entsprechen – müsste hier und jetzt gegendert werden, also von „weiblichen Mitschüler*innen" gesprochen, was aber einem Pleonasmus entspräche, also nur die Sinnlosigkeit derartiger Sprachverhunzungen zeigte) – Oberstufler halt – mit verheulten Gesichtern und schwarz gekleidet durch die Gänge des Gymnasiums schlichen.

Nein, damals war „Gothic" noch nicht als Modetrend oder Lebenseinstellung erfunden, sondern Brian Jones, Leadgitarrist der Rolling Stones – damals weit mehr als Mick Jagger, ja, sogar als Keith Richards, dem später nachgesagt wurde, er habe nichts von all den Dingen ausgelassen, die man sich durch Mund, Nase und Venen zuführen kann, Sinnbild jener Einstellung von „... hope I die, before get old" (My Generation – The Who) und Revolte gegen das Establishment, durchaus auch mit bewusstseinserweiternden Substanzen, die teilweise damals noch gar nicht illegal waren, weil so neu, dass noch nicht erfasst, teilweise einfach im Rauschverhalten der älteren Mitbürger nicht berücksichtigt (da regierte und regiert noch heute „demon alcohol") – war tot in seinem Pool treibend aufgefunden worden.

Dass er damit zum Gründungsmitglied des „Club 27" wurde, jener Vereinigung von Musikern, Popstars, Poeten und Rebellen, die in diesem Alter die Bretter, die die Welt bedeuten, gegen Wolke sieben oder neun tauschten und Gitarre, Bass und Schlagzeug gegen die Harfe, die man dort angeblich schlägt – weitere Mitglieder sind Jimi Hendrix, Jim Morrison, Janis Joplin, Amy Winehouse, und Curt Cobain, um nur einige zu nennen (Sid Vicious konnte es wohl nicht erwarten und beendete seine Karriere schon mit einundzwanzig, wohingegen die Herrn Jagger, Richards, McCartney ... verweigern – die gründen dann lieber den Club 97, die Vereinigung jener Überlebenden des Popbusiness, die in dem Altern noch immer dem Rock 'n' Roll frönen – man könnte, nein, würde Mick Jagger, trotz Herzinfarkt oder so ähnlich, sogar zutrauen, dann noch auf der Bühne herumzuspringen wie weiland Rumpelstilzchen) – war den Trauernden und auch dem neugierigen Zaungast ebenso wenig bewusst wie die Tatsache, dass er zu diesem Zeitpunkt gar kein Mitglied der Stones mehr war.

Die Band hatte ihn – eben auf Grund seiner drogenbedingten Unverlässlichkeit – gefeuert, etwas, das eigentlich spätestens beim Konzert im Hyde Park klar hätte werden müssen.

Denn da wurde – auch wenn es zu einem Memorial für Brian umgedeutet wurde und Mick tausende Schmetterlinge in den Londoner Nachmittagshimmel steigen ließ, zur Erinnerung, und seine durchaus vorhandene Bildung – immerhin hatte er an der London School of Economics and Politics studiert – durchschimmern lassend, zitierte:

> ... though he, who you think dead, has only awoken from the dream we call life ...,

gekleidet in ein unschuldig weißes Röckchen (die Bezeichnung „Sakko" würde diesem damals vielleicht modischen, retrospektiv untragbaren Ding bei weitem nicht gerecht) und der halben Million erklärte, Brian würde immer in den Herzen weiterleben – schon der neue Mann an der Gitarre vorgestellt.

Und es begab sich einige Tage nach Schulschluss desselben Jahres, dass sich drei Männer in eine enge Kapsel stecken ließen, zum Ruhme der USA und als Zeichen der technologischen Überlegenheit des Westens gegenüber den „damned Red", dem kommunistischen System, das, ausgehend von der Sowjetunion und China, immer weitere Teile der Welt zu erobern schien und das gerade dabei war, dem Land der Tapferen und Freien die besten jungen Köpfe wegzuschießen, sie in den Sümpfen, im Dschungel Indochinas verrotten zu lassen, gegen alle Anstrengungen und Massaker und trotz Agent Orange und Flächenbombardement.

Diese drei Männer, eingepfercht an der Spitze der größten Rakete, die die Welt bis dahin gesehen hatte, rasten im Juli 1969 einem Ziel entgegen, das noch kein Mensch betreten hatte (gut, oben waren „wir" schon im Dezember des Vorjahres gewesen, als – angeblich und auf der dark side of the moon, jener Seite, die von der Erde aus niemals sichtbar ist und von der aus es auch keinen Funkkontakt mit Houston oder sonst wem auf unserem Globus gibt – den Astronauten eine unerklärliche Erscheinung – Weihnachtsmann, Christkind, Engel, Halluzination, was auch immer, es gilt Stillschweigen – begegnet sein soll, aber die sind nicht gelandet, die sind nur einmal, na ja, eigentlich drei Mal rund um den Mond geflogen).

Den Start des Unternehmens ...

...ten – nine – eight – seven – ignition sequence start-
ing – three – two – one – zero – lift off, we have a
lift off ...

... konnte ich noch zu Hause im Fernseher miterleben, in schwarz-weiß natürlich, als eine Art von Schneegestöber, aus dem man Bilder heraussehen konnte, die uns damals als perfektes Abbild der Wirklichkeit schienen (solange man einen Mindestabstand einhielt, zu nahe durfte man dem Gerät nicht kommen, sonst sah man gar nichts mehr – HDTV, 4K oder gar noch mehr waren damals noch nicht einmal in den kühnsten Träumen der Techniker erschienen).

Dann fuhren wir – mein Vater und ich – nach Kärnten an den Faakersee, um dort den Familienurlaub am Campingplatz vorzubereiten.

Sprich, es war das Zelt – ein Riesending, immerhin musste es insgesamt sieben Personen Platz bieten – aufzubauen und sonstiges Material zu transportieren, denn mit der ganzen Familie an Bord, wäre dies in unseren Ford Taunus 12M (in schwarz-weiß bicolor lackiert, mit Lenkradschaltung und Sitzbank vorne. Dort „durfte" die Jüngste zwischen den Eltern Platz nehmen, während wir uns zu viert die Rückbank teilten – etwas, das heute jedem sicherheitsbewussten Menschen die Grausbirn' aufsteigen ließe, aber damals ganz normal war, immerhin waren noch nicht einmal Sicherheitsgurte vorhanden, abgesehen davon, dass es vermutlich dem Zeitgeist massiv widersprochen hätte, sich ins Auto fesseln zu lassen) eine transporttechnische Unmöglichkeit gewesen.

Und während mein Vater nach getaner Aufbauarbeit die Wassertemperatur auf Familientauglichkeit testete, indem er den See durchquerte, einmal hin und einmal her – nicht dass der Urlaub, wenn das Wasser zu kalt gewesen wäre (etwas, das es bei diesem See um diese Jahreszeit ohnehin nicht gibt, auch damals schon nicht gab, als von Erderwärmung noch keine Rede war) nicht stattgefunden hätte –, saß ich im Schatten und hing im wahrsten Sinn des Wortes mit dem Ohr an dem kleinen Transistorradio, das ich mir vorsorglich mitgenommen hatte.

Später erst, als ich schon auf meiner Luftmatratze lag, noch immer das Ohr am Radio, was in liegender Position noch einfacher war, schließlich brauchte ich es nur unter den Kopf zu legen, kamen – fast unverständlich, von Störgeräuschen, Knacksen und Piepsen fast übertönt – die Worte auf die, so meinte ich es zumindest, die ganze Welt gewartet hatte:

... *the Eagle has landed*

Dann passierte erst einmal nichts – stundenlang.

Was ich damals noch nicht wusste, noch nicht wissen konnte und wenn ich es gewusst hätte, vermutlich nicht geglaubt hätte, war, dass ein derartiges Ereignis ausgerichtet wurde auf die – selbstverständlich US-amerikanische – „prime time".
Es wäre mir unvorstellbar gewesen, dass jemand, der kurz davorstand, Geschichte zu schreiben, diesen Moment hinauszögern musste, nur damit möglichst viele Amerikaner live dabei sein konnten.

Das Warten – zumal in unseren Breiten mitten in der Nacht – und die Analyse der Landung, immer und immer wieder, mit dem Experten und jenem Wissenschaftler, unterbrochen von der ewig gleichen, dennoch immer wieder gestellten Frage, wann es denn so weit sei, waren ermüdend.

Und so kam es, wie es kommen musste.

Als Neil Armstrong schlussendlich die Leiter hinunterstieg, auf der letzten Stufe verharrte, um schlussendlich mit den Worten

„A small step for a single man,
but a giant leap for mankind!

den ersten menschlichen Fußabdruck in den Mondstaub zu pressen ...

... da schlief ich tief und fest.

Ich habe diesen historischen Schritt erst später (zwar noch am selben Tag, als wir zu Hause den Rest der Familie abholten, aber dennoch) gesehen, diese Worte gehört, ebenso wie ich auch von inzwischen legendären Woodstock-Festival – das im August 1969 stattfand und mit seinen drei Tagen von „love, peace and happiness" und viel, viel Musik (so viel, dass – auch witterungsbedingt – das Festival eigentlich nicht drei, sondern fast vier Tage dauerte) vermutlich den Höhepunkt der Jugendkultur, der Flower-Power-Bewegung darstellte – damals nichts mitbekommen habe.

Shit happens.

Oder – wie dem letzten Generalsekretär der KPdSU in Mund gelegt wird – „Wer zu spät kommt, den bestraft die Geschichte!"

Und damit wären wir schon bei einem anderen Augenblick, wo – eigentlich vollkommen unerwartet und ebenso ungewollt, wenn man historischen Recherchen Glauben schenken darf – der Atem der Geschichte spürbar zum „wind of change" wurde.

Als die Mauer fiel.

Der „Antifaschistische Schutzwall", mit dem die Bürger des Arbeiter- und Bauernstaates nach offizieller Lesart vor den Verlockungen des dekadenten Westens bewahrt werden sollten, in Wahrheit aber eher gehindert, diesen zu folgen und das durchaus physisch.

Und mit ihr auch gleich der eiserne Vorhang, der sich seit – damals – über vierzig Jahren von der Ostsee bis an die Adria zog und den Kontinent zerschnitt (und dessen Verlauf heute noch – inzwischen auch schon wieder rund drei Jahrzehnte her –als grünes Band in der Landschaft vom Satelliten aus erkennbar ist).

Gut, zugegeben, es lag was in der Luft.

Weniger, weil der ehemalige Schauspieler und US-Präsident vor dem Brandenburger Tor, jeder Menge Fernsehkameras und einer begeisterten Menge von (West-)Berliner Bürgern, die Tradition von John F. Kennedy – „Ick bin ain Berliner" – fortsetzend, forderte:

> „Mr. Gorbatchow – tear down this wall!

Aber dass da was im Busch, etwas in Bewegung war, hätte man spüren können.

Spätestens als der österreichische Außenminister gemeinsam mit seinem ungarischen Kollegen medienwirksam den Stacheldraht an der Grenze, dem undurchdringlichen eisernen Vorhang zerschnitt (dass es ein eigens für diesen Zweck noch stehen gelassenes Stückchen Drahtverhau war, die Ungarn schon viel früher begonnen hatten, die desolaten und finanziell untragbaren Grenzbefestigungen – durchaus mit Zustimmung der Herrschaften im Kreml – abzubauen, war damals, außer den direkt Beteiligten, keinem Menschen bekannt, auch nicht, dass die Bilder, die durch die Weltpresse gingen – ebenso wie der TV Bericht – auf jener Seite des Drahtes gemacht wurden, wo die Sonne nicht blendete – der ungarischen.

Aber schließlich sollte dieser historische Augenblick ordentlich und in passender Qualität der Nachwelt überliefert werden) …

… spätestens als sich die österreich-ungarische Grenze bei Andau für die Teilnehmer des „paneuropäischen Picknicks", veranstaltet unter der Ägide des Sohnes des letzten Kaisers von Österreich und König von Ungarn, öffnete und dies von etlichen – angeblich vorinformierten und deshalb extra aus den Ferienanlagen am Balaton oft unter beträchtlichen Schwierigkeiten angereisten – Bürgern der DDR dazu benutzt wurde, dem Sozialismus, egal in welcher Ausprägung, Lebewohl zu sagen …

… spätestens, als sich dann – angeblich in Absprache mit dem großen Bruder in Moskau – der ungarische Grenzbalken am Übergang Nickelsdorf/Hegyeshalom hob und Kolonnen von stinkend vor sich hintuckernden Zweitaktern, meist Trabant, auf alle Fälle Autos, in die man sich hierzulande nicht freiwillig gesetzt hätte, voll mit jubelnden Menschen – bei manchen war es eine der ersten Tätigkeiten in der „Freiheit" die Buchstaben „DR" am internationalen Kennzeichen dick mit schwarzem Stift zu übermalen, durchzustreichen oder dieses einfach nach dem ersten D zu zerschneiden und abzuziehen – sich durch Österreich aufmachten ins gelobte Land (ein Vorgang, der sich – gut, da waren es keine unter dem kommunistischen Joch leidenden Bewohner von Leipzig, Dresden und anderen deutschen Gebieten, sondern Menschen, die einen weiteren Weg hinter sich hatten – an genau derselben Stelle 2015 wiederholen sollte. Auch da wollten alle nach „Germany" und auch da ließen die österreichischen Behörden sie passieren und auch da hieß es aus Deutschland: „Wir schaffen das").

Einer der ersten Trabis, die sich auf den Weg machten, kam bis Aisterheim, ehe er schlapp machte.

Der Betreiber der dortigen Autobahnraststätte kaufte dieses Gefährt und nutzte es als Deko für die Raststätte, noch Jahre später konnte man es – kunstvoll hoch über dem Buffet platziert – bestaunen ...

... spätestens, als der eigens angereiste deutsche Außenminister den hunderten (oder waren es tausende) Bürgern der DDR, die die bundesdeutsche Botschaft in Prag überrannt, den Zaun überklettert, es sich auf dem Rasen des Botschaftsareals „gemütlich" gemacht hatten, die Botschaft überbrachte, dass die Führung der SED zugestimmt hatte (und die tschechischen Behörden selbstverständlich auch, die waren froh, das Problem loszuwerden), sie – die Botschaftsbesetzer – mittels Sonderzug über einen Korridor durch die DDR in die BRD reisen zu lassen und es auf dieser Fahrt– was von einigen der Ausreisewilligen befürchtet worden war – zu keinen Zwischenfällen gekommen war ...

... spätestens als die Masse der Menschen immer größer wurde, die jeden Montag durch ostdeutsche Städte zog, sich weder durch Volkspolizei noch Stasi einschüchtern ließ und Slogans skandierte wie „Wir wollen raus!" oder „Wir sind das Volk!" (ein Slogan, der später dann – nicht mehr von Ausreisewilligen, sondern vielmehr von solchen, die gegen Einreisewillige, gegen Demokratie und manchmal auch Vernunft – sofern das nicht ohnehin ein Widerspruch ist: politischer Extremismus, egal ob rechts oder links und Vernunft – auftraten und -treten, als Protest gegen die Politik einer in ihren Augen fehlgeleiteten Regierung durch – seltsamerweise wieder den Osten von – Deutschland hallte und noch immer hallt) ...

... spätestens dann wusste man, es tut sich was.

Das System wackelt und über kurz oder lang wird es in Ostdeutschland zu Reformen kommen müssen oder die ganze

Angelegenheit fliegt der SED und ihren Funktionären um die Ohren wie ein alter Druckkochtopf.

Und dennoch.

Ich weiß bis heute nicht (oder besser: heute nicht mehr), warum ich mir ausgerechnet an dem Tag die Nachrichten im deutschen Fernsehen anschaute und damit unmittelbar sah und hörte, wie der Vertreter der SED – direkt aus der Sitzung des Politbüros kommend – vor die Presse trat, um das Ende der Reisebeschränkungen zu verkünden und auf Nachfrage, ab wann denn dies gelte, verzweifelt auf seinen Spickzettel blickte, dort offensichtlich nichts fand und stotterte:

„Meines Wissens nach ab sofort,

oder ob ich diesen Satz in den heimischen Nachrichten vernommen und dann zu den Nachbarn umgeschaltet habe, allein, es macht keinen Unterschied.

Der Rest des Abends war ausgefüllt mit Live-Berichten von den unterschiedlichsten Orten in Berlin, wo – die Kunde muss sich mit Lichtgeschwindigkeit in Ostberlin verbreitet haben – die Menschen sich aufgemacht hatten, eine Grenze zu überschreiten, die für die meisten Zeit ihres Lebens unüberschreitbar gewesen, Menschen hüben wie drüber mit Sektflaschen in der Hand, sich umarmend, brüllend vor Freude, aber auch voll Erstaunen, Unglauben ...

... und ich saß vor dem Fernsehschirm – weit entfernt von den Ereignissen und doch – via TV aber auch emotional – mitten drinnen.

Und ich wusste, ich hatte Historisches miterlebt.

Wie sehr sich Deutschland, Europa und damit die Welt ändern würde, ließ sich damals noch gar nicht abschätzen, welche Konsequenzen es haben würde, was da noch folgen sollte, wie, Dominosteinen gleich, ein Regime nach dem anderen
abtrat, abtreten musste, abgetreten wurde – friedlich, wie in
Prag, oder blutig, wie in Bukarest, bis schlussendlich auch
der letzte Stein fallen sollte, als ein (ob auch zu diesem Zeitpunkt von etwas „Wässerchen" beflügelt, sei dahingestellt)
Boris Jelzin auf einen Panzer mitten vor dem Weißen Haus
in Moskau kletterte und den Putschisten, jenen, denen Ge-
nosse Gorbatschow zu nachgiebig war, die einen Hardliner
an seiner Stelle im Kreml haben wollten, vor allem aber den
Soldaten, die sie auf die Straßen gebracht hatten, zurief, sie
mögen nach Hause gehen.

Und sie gingen und die Sowjetunion zerfiel und erst Jahre
später würde ein – nicht-kommunistischer, wenngleich seinerzeit KGB-Agent – Präsident Russlands beginnen zu versuchen, sie durch die Hintertür und mit Hilfe grüner Männ-
chen, von denen offiziell keiner weiß, wo sie hergekommen,
zu restaurieren, die „historische Tragödie" notfalls mit Waf-
fengewalt ungeschehen zu machen.

Mir wurden die Konsequenzen im Sommer des folgenden
Jahres erstmals so richtig vor Augen geführt, als auf dem
Weg an die obere Adria Scharen von Trabis und Wartburgs
die Autobahn durch das Kanaltal verstopften (etwas, das die
Damen und Herrn aus Germanien auch heute noch mit Vor-
liebe machen, nur inzwischen mit anderen fahrbaren Unter-
sätzen, aber ein Urlaub ohne Stau ist für die anscheinend kein
richtiger Urlaub) und ein besonders vorwitziger oder größen-
wahnsinniger Trabifahrer sich anschickte, mich, der ich das
Tempolimit einhielt, zu überholen.

Aber nix da – einmal kurz aufs Gas und schon …

Apropos, einmal kurz aufs Gas.
5. September 1970.

Nicht nur in Italien, in der Nähe von Milano, sondern auch in der Steiermark war es ein strahlend schöner und heißer Tag, so als wollte der Sommer noch einmal zeigen, was er so draufhat und dass er noch lange nicht weichen würde, kurz vor Beginn des neuen Schuljahres, jenes Schuljahres, das für mich eine Art von Neuanfang bedeutete, schließlich und endlich würde ich ab diesem Zeitpunkt dann Schüler der Oberstufe sein, aus einer reinen Bubenklasse (heute gar nicht mehr vorstellbar, auch wenn es genderbewegte Erziehungswissenschaftler gibt, die postulieren, dass es stressfreier sei und zu besseren Lernleistungen führe, wenn Klassen nicht „gemischt" geführt würden, weil da so mancher Beziehungsstress, Imponiergehabe ... wegfiele – die sollen einmal in eine Klasse voller pubertierender oder postpubertärer ... egal, ob Manderl oder Weiberl, nur hineinschnuppern, mitbekommen, was da an Mobbing, Rangordnungskämpfen, Hahnenkämpfen, Stutenbissigkeiten abläuft und sie würden ihre Ansicht sofort und grundlegend revidieren) in die zweigeschlechtliche Realität des Lebens aufsteigen.

Bei mir zu Hause stand „Vorbereiten auf die beginnende Schule" am Programm, sprich noch einmal – bevor es wieder ernst würde – fünf gerade und den Herrgott einen guten Mann sein lassen und sich dem „dolce far niente" hinzugeben; in Monza das Abschlusstraining – heute neudeutsch „Qualifying" genannt – für den Grand Premio d'Italia, für den der Held einer ganzen Nation, jener eigentlich Deutsche aus Graz, der dafür gesorgt hatte, dass ganz Österreich motorsportaffin war, sich mit dem coolen Hund in seiner rasenden Kiste identifizierte, wie immer im laufenden Jahr als klarer Favorit galt. Schließlich führte er die Weltmeisterschaft überlegen, ja, praktisch schon uneinholbar an und hätte sicherlich, neben den Rennen, die er tatsächlich gewonnen hatte, auch zwei Wochen vorher am neueröffneten Ring in Spielberg – davon war ganz Österreich zutiefst überzeugt – die karierte Flagge als Sieger gesehen, wenn nicht sein Motor ...

Das Radio lief, es wurde vier, die Nachrichten begannen mit den Worten ...

„... Jochen Rindt ist tot. Er starb bei einem Unfall ..."

... und eine Welt brach zusammen.

Die Sonne fiel zwar nicht vom Himmel, aber sie schien mit einem Mal ihre Strahlkraft verloren zu haben, der Kopf war plötzlich leer, um sich dann mit allen möglichen und unmöglichen Gedanken zu füllen – das konnte nicht sein, das durfte nicht sein, Jochen Rindt, der zerstörten Boliden, wie dem Lotus in Barcelona, entstieg, wie der Phönix der Asche, Jochen ...

Still war es plötzlich – nicht nur bei mir im Zimmer, still war es auch in Autodromo di Monza, als Bernie Ecclestone mit dem blutverschmierten Helm aus der Parabolica zurückkam, angeblich – auch wenn man es sich bei dem Bernie Ecclestone, der da Jahre später die Formel eins beherrschte und regierte, sie zu einem weltweiten Event stilisierte, kaum vorstellen kann – mit Tränen in den Augen und zu Nina, der schönen, finnischen Frau und ab diesem Zeitpunkt Witwe, sagte: „He's dead."

Das Begräbnis am Grazer Zentralfriedhof wurde nicht nur im Fernsehen übertragen – live –, es war ein Staatsbegräbnis, wie es ein Kaiser nicht hätte größer und feierlicher erhalten können. Alle waren sie gekommen, die Fahrer, die Rennstallbesitzer, die Freunde (auch jene aus alten Grazer Jugendlagern, selbstverständlich, jene, die mit ihm die ersten illegalen Wettfahrten durch das Stadtgebiet von Graz,

durch die Wälder rund um Bad Aussee veranstaltet hatten –
einer von ihnen dann später selber Formel-1-Fahrer, bis ein
Stein, aufgewirbelt in Clermont-Ferrand, ihm ein Auge und
die Karriere kostete, später dann Motorchef von Red Bull Ra-
cing), Massen von Menschen, die sich von ihrem Helden verabschieden wollten.

Heute noch brennen an seinem Grab zu Allerheiligen mehr
Kerzen als an so manch anderem und wenn ich „Il Silenzio"
höre, egal, ob von einem einzelnen Trompeter gespielt oder
voll orchestriert, sind die Bilder wieder da.

Ebenso, wie die Bilder – andere Bilder, zugegeben – wieder da
sind, wenn irgendwo Enyas „Only Time" erklingt, jenes Lied
dieser irischen Sängerin, das so unmittelbar – und wohl nicht
nur für mich, sondern vermutlich für Millionen, wenn nicht
Milliarden von Menschen überall auf der Welt – mit den Ereignissen verknüpft ist, der Soundtrack zu Nine Eleven.

Auch dieser Tag war sonnig und ich war gerade auf dem Weg
von der Arbeitsstätte (die ich ja schon seit Jahrzehnten wohlweislich vom Wohnort entfernt belassen hatte, denn schließlich will man am Wochenende seine Ruhe und überhaupt
nicht ständig konfrontiert werden, nicht am nächsten Tag
brühwarm serviert bekommen, wo man um welche Uhrzeit
und mit wem gewesen war) und das Autoradio lief, als das
laufende Programm unterbrochen wurde und eine Stimme
mitteilte, dass – „angeblich" hieß es da noch – ein Flugzeug
in das World Trade Center in New York geflogen sei. Sobald
man Näheres wisse, werde man sich – auch abseits der regulären Nachrichten – wieder melden.

Ich war gerade auf der Murbrücke, als ich dies hörte, also nur
noch einige, wenige Minuten von zu Hause entfernt, wo mich
dann – wie gesagt wenige Minuten später – meine Frau mit
den Worten „Hast du schon gehört ...?" empfing.

Okay, New York, Flugzeug, Terror, Unfall, Zufall ... nichts Genaues weiß man – noch – nicht, ... aber wozu hat man Satellitenfernsehen und somit auch CNN?

Und so kam es, dass ich – ob schon begleitet von Enya oder nicht, könnte ich jetzt nicht mehr beschwören –, wie vermutlich viele Menschen überall auf der Welt, live und in Echtzeit Zeuge wurde, wie das zweite Flugzeug in den zweiten Turm krachte, wie der Pilot es noch aufstellte, in eine Kurve legte, damit ja möglichst viele Stockwerke betroffen seien, wie Menschen in ihrer Verzweiflung lieber aus den Fenstern im was weiß ich wie vielten Stock in den sicheren Tod sprangen, als untätig zu warten, bis das Unausweichliche einträte, wie schließlich die Türme in sich zusammensackten (ohne jetzt irgendwelchen Verschwörungstheorien – und die gibt es natürlich in großer Zahl und alle bringen „wissenschaftliche Beweise" dafür, dass es so und nicht so, wie offiziell dargestellt gewesen sein muss – anzuhängen oder solche verbreiten zu wollen: Jeder Sprengmeister wäre stolz, wenn er es schaffte, ein Gebäude so in sich zusammenfallen zu lassen) und sich eine dicke, graue Asche-Staub-Asbest-Wolke durch die Straßenschluchten von Manhattan wälzte, wie der Mann im Weißen Haus in die Airforce One gebracht und in der Luft gehalten wurde ...

Und auch, was alles danach passierte – der „war on terror" des George Dablju (von dem man weithin glaubte, dümmer könne ein amerikanischer Präsident nicht sein, etwas, das inzwischen eindeutig widerlegt ist, ja, den alten Schurli wie einen Intellektuellen von Gottes Gnaden – gleich nach Einstein – erscheinen lässt), der vor allem noch mehr Terror, vielleicht nicht in den USA, aber überall sonst auf der Welt, produzierte, islamistischen Terror, „shock and awe" – der Krieg gegen Saddam und seine angeblichen Massenvernichtungswaffen, die Jagd auf Osama, Assad und sein Krieg gegen die eigene

Bevölkerung, die Flüchtlingswellen und ihre Folgen hierzulande – von „Wir schaffen das!" über „Refugees welcome" bis zur bitteren Erkenntnis, dass sich unter tatsächliche Flüchtende (so heißt das neuerdings korrektdeutsch) auch solche mischen, die nur auf der Suche nach einem besseren Leben – möglicherweise auch auf Kosten des Sozialstaates – sind, gemischt haben, die meinen ihre Lebensweise (vor der sie in letzter Konsequenz geflohen sind) hier ausleben zu können, weil Europa ja tolerant, in ihren Augen also schwach sei und der auch dadurch induzierten radikalen Ablehnung aller „Ausländer", dem (Wieder-)Erstarken national(istisch)er, extremer, durchaus faschistischer Strömungen und Parteien, die plötzlich wieder salonfähig sind – Banken-crash, „Payback time", wie es meine Freunde in Irland nannten, Schweinegrippe, Vogelgrippe … und noch vieles mehr.

Interessante Zeiten.

Und um – ich wollte es eigentlich vermeiden, es lässt sich aber nicht – die Kurve zu kratzen, aus dem endlos geflochtenen Band doch – Albert, Albert, warum musst du unbedingt recht haben und das nicht nur möglicherweise auch in Hinblick auf das Universum, aber vor allem auf die menschliche Dummheit – noch so etwas wie eine Möbiusschleife, eine geschlossene Form zu schaffen, führt der Weg doch noch einmal zu jenen Herrschaften, deren Verwünschung dem Ganzen übergetitelt wurde, jenen, die – angeblich, natürlich nur angeblich – alles als Nahrung verwerten, was nicht bei drei auf dem berühmten Baum ist, und das, was oben ist, wird wieder heruntergeschüttelt und die – zumindest wenn man den einen Quer-, Verkehrt … und möglicherweise auch Überhaupt-Nicht-Denkern Glauben schenken mag (so schwer dies auch sei) – uns – angeblich, so ganz sicher ist sich wohl niemand, außer jenem Herrn, der da – wir schreiben jetzt, da dies alles geschieht noch nicht ganz das Ende seiner Amtsszeit – hoffentlich entweder auf den Golfplätzen dieses Planeten verschüttgehen oder, noch besser und eigentlich vollkommen gerechtfertigt, endlich die Konsequenzen seines Tun und Nicht-Tuns, Redens, Hetzens ... zu tragen haben möge – eine veritable Crisis, „die" – und jetzt hängt es auch wieder stark davon ab, wer was von sich gibt, tatsächliche, übertriebene, gar nicht existierende sondern nur erfundene – Pandemie, den bevorstehenden Untergang der westlichen, was sage ich, der menschlichen Zivilisation, wie wir sie bis dato kennen, so quasi durch das Aerosol beschert haben oder haben werden – wie en detail und in Zusammenarbeit mit welchen abstrusen Eliten und Kreisen, ob auf die Essgewohnheiten zurückzuführen oder doch auf ein Labor für biologische Kampfstoffe, hängt weitestgehend davon ab, unter welchen Aluhut man sich gerade flüchtet und vor allem davon, wer seine unumstößlichen Wahrheiten in asoziale Netzwerke erbricht.

„Nur, weil du paranoid bist, heißt das nicht, dass sie nicht tatsächlich hinter dir her sind", erkannte und erklärte dereinsten schon der Stadtneurotiker und gegen derartige Argumentation lässt sich schwerlich ankommen – mit Vernunft und Logik auf alle Fälle nicht.

Nein, es ist keine harmlose Sache.
    Glaubt mir, ich weiß, wovon ich spreche.

Es ist nicht lustig, wenn du da liegst, nicht wissend, ob beim nächsten Schnaufer das Fieber weiter steigt, ob die Sauerstoffsättigung noch so ist, dass du zumindest daliegen kannst, ohne beatmet werden zu müssen – von bewegen, arbeiten ... ist ohnehin schon längst nichts mehr übrig, du nicht nur einen Menschen kennst, der, die ... (und damit meine ich gar nicht jene dir bis zum Eintritt in das Krankenzimmer vollkommen fremde Person, mit der du für einen vorher schwer abschätzbaren Zeitraum nun Raum und Zeit, Luft und Licht teilen wirst, betreut von freundlichen Gestalten in grünen Kitteln hinter Masken und Schutzbrillen), während dir jemand erklärt, dass das alles nur Einbildung sei, es das – von mir aus auch „den" – Virus zwar möglicherweise, vielleicht ja gebe, dies aber nur aufgebauscht, aufgeblasen sei, oder es extra im Labor gezüchtet wurde um, einem perfiden Plan folgend, die Freiheitsrechte der Menschen einzuschränken, sie in neue Zwangsabhängigkeiten von neuen, selbsternannten extraterrestrischen Eliten zu bringen während gleichzeitig die, denen es irgendwie zukäme, Maßnahmen zu koordinieren, Fachleute zu betrauen, diesen zu vertrauen, sich – zumindest hierzulande – in blindem Aktionismus erschöpfen, denn sie wissen nicht, was sie tun (sollen) und alles, was sie tun, ist grundsätzlich ohnehin der Kritik ausgesetzt (auf die dann natürlich – denn schließlich will diese undankbare Bagage nur nicht anerkennen, dass man ja nur ausschließlich ihr Bestes will – verschnupft reagiert wird).

Wenn nur noch auf Grund von Emotionen agiert wird, wenn Dummheit zum System wird, wenn auch in Zeiten wie eben diesen vom selbsternannten und noch immer gerne gewesenen exekutiven Schimmelreiter politisches Kleingeld gewechselt wird und sich gleichzeitig Hilflosigkeit und Ignoranz mit Chaos mischt, Existenzen bewusst vernichtet, zumindest aber bedroht werden, um Leben zu schützen, wenn soziale Isolation als Heilmittel gepriesen wird und tatsächliche Heilmittel verteufelt werden – es könnte ja Nebenwirkungen geben (möglich, aber eines ist sicher, die fatalste Nebenwirkung der Nicht-Impfung ist letal) …

… wenn ausgerechnet jene, die demokratische Systeme vehement ablehnen plötzlich den Staat und die, die ihn – aus dem Dunkel, dem Hintergrund selbstverständlich, denn niemand hat sie legitimiert – lenken, als großen Diktator sehen und für die Freiheit und gegen zwangsweise verordnete Maßnahmen auf die Straße gehen, sie sich als Opfer eines autoritären Regimes fühlen und geistige Verwandtschaft zu Widerstandskämpfern (gegen das Dritte Reich, die Nazi-Diktatur und ihre Ideologie, der sie ja eigentlich heimlich oder offen nachtrauern) verspüren ...

... wenn nur noch die eigene Meinung, zumindest aber die Meinung der Informationsblase, in der man sich befindet, anerkannt wird und alle, die nicht dieser Meinung sind – egal ob begründet oder nicht – als „Feind" gesehen werden, als vollkommen verblödet, als jemand, der nicht mehr in Diskussionen überzeugt werden muss, sondern der bestenfalls ignoriert, meist aber in den ach so sozialen Netzwerken niedergemacht werden muss, wenn Tatsachen ignoriert werden, alternative Wahrheiten – jenseits der von den „Mächtigen" (wobei keiner genau weiß, wer sie denn sind, wer wirklich die Geschicke lenkt, hinter den vorgeblichen, gekauften, korrupten ...) gesteuerten „Lügenpresse" – als Religionsersatz dienen ...

... dann, ja dann hat der „Spell" gewirkt.
    Dann leben wir tatsächlich in aufregenden, in bewegenden, in interessanten Zeiten.

Fluch oder ein Segen für den, der da mitten in den Ereignissen steckt, der direkt betroffen ist – nur die Zeit wird es weisen.

Auf jeden Fall Zeiten, die keinen unberührt lassen, Ereignisse, die in Erinnerung bleiben, von denen – wenn man sie überlebt, noch besser unbeschadet übersteht – man erzählen kann, wenn man denn jemanden findet, den es interessiert.

Und in jedem Fall bleibt eines festzuhalten:

Egal, ob es so ist, so war oder doch anders, tatsächlich oder erfunden, Fakt oder Fake, erlebt, erinnert oder Hörensagen – langweilig ist und war es nicht.

Was vorzuziehen, was jemandem zu wünschen ist, was man gewünscht bekommen möchte – interessante oder doch eher ruhige Zeiten, möge jeder und jede für sich selbst entscheiden.

Allein, diese Entscheidung ändert nichts.
Denn die Zeiten sind, wie sie sind.

And you better start swimming, or you'll sink like a stone ... (B. Dylan)

Und noch ein Einschub

(und ich schwöre, es ist der letzte)

Interessante Zeiten, große Ereignisse, die ihre Schatten warfen, werfen, deren Zeuge – irgendwo am Rande stehend, mit großen Augen und offenem Mund, manchmal, verwirrt, weil nie damit gerechnet und doch fasziniert – man im Laufe der Jahre wurde ohne, und das ist das Entscheidende, existentiell betroffen zu sein.

Das Leben wäre vermutlich nicht wirklich besser oder schlechter verlaufen (soweit man das annehmen kann, in Abschätzung des Impacts der Ereignisse, wissen kann man es nie – es hätte ja sein können, dass sich irgendwann einer der Konflikte zu einem bewaffneten ausgewachsen hätte, der dann …, dass …) – anders in einzelnen Teilaspekten vielleicht, nein sicher – ich weiß nicht, ob ich ohne die Ereignisse von 1989 jemals das Bauhaus in Dessau nicht nur auf Bildern, sondern ganz in echt gesehen, geschweige denn betreten hätte, ob – sehr zum Verdruss und finanziellen Nachteil der heimischen Vertreter ihrer Profession – so unglaublich viele Mitbürger zum Zahnarzt und zum Shopping über den ehemaligen eisernen Vorhang gereist wären …

… und ob jetzt die Mondmission von Apollo 11 tatsächlich stattgefunden hat oder – wie von Verschwörungstheoretikern noch immer stur und steif behauptet und mit allen möglichen und unmöglichen „Beweisen" unterfüttert – im Hollywood-Studio unter der Regie von Stanley Kubrick als Riesenfake gedreht wurde (na und, dann wäre halt Apollo 12 oder 14, 15,16 die erste Mondlandung gelungen – Apollo 13 nicht die „have a problem", das aber Tom Hanks mit Bravour bewältigte – denn kein Mensch wird doch ernsthaft behaupten wollen, dass die US-Regierung so viele Fort-

setzungen finanziert und produziert hat – schließlich geht es da nicht um Rambo oder Rocky, ja, nicht einmal um den Terminator), hätte mein Leben wohl auch nur dann ernsthaft verändert, wenn Außerirdische, die auf der Rückseite des Mondes notlanden muss-ten, weil die Besatzung dekadent und im vollen Vertrauen auf die Technik es versaut hatte, in dieses unmittelbar eingegriffen hät-ten (haben sie aber nicht, auch wenn manch einer behauptet, dass der oder die Lehrende an den oder die ich im Laufe meiner Aus-bildung, aber auch im weiteren Berufsleben getroffen bin, nicht von dieser Welt sein konnte – ob himmlisch, außerirdisch gut oder schlecht, höllisch … sei jetzt dahingestellt, es war aus jeder Kate-gorie was dabei).

Gravierende Auswirkungen auf das Leben – das ohne diese Mo-mente ganz sicher ganz anders verlaufen wäre, ob besser oder schlechter kann natürlich nicht gesagt werden, aber anders auf alle Fälle – hatten und haben eher jene sehr privaten Augenbli-cke, jene Ereignisse, in denen – zumindest für mich – auch die Erde stillstand, und auch jene, die sich langsam einschlichen und ehe sie überhaupt bewusst wurden, hatten sie schon alles verän-dert, ohne dass die Welt den Atem anhielt, Momente, Ereignisse, die der großen Welt vollkommen am Allerwertesten vorbeigingen, die sie gar nicht bemerkte.

Und auch, wenn man mir kein Wort glauben soll, auch wenn es vielleicht gar nicht so, sondern ganz anders oder überhaupt nicht war und wenn es immer so ist, dass – egal wie groß, wie interes-sant die Zeiten sind, sie erst dann wichtig werden, wenn man di-rekt davon be- oder getroffen wurde und auch, wenn es sein kann, dass ich lüge, wenn ich sage, dass ich lüge – es ist so.

Jetzt, wo alles besprochen ist ...

Das war es also.

Kein Daliegen mehr, die Augen geschlossen, den Mund geöffnet, wie zu einem stummen Schrei, einem Schmerzschrei,
der, auch wenn nicht hörbar, mir unter die Haut fährt, kein
Krebs mehr, der aus deinem Körper wächst, dunkelrote Knol-
len, denen man beim Wachsen zusehen kann, sehen, wie sie
nicht nur größer, sondern auch immer zahlreicher werden,
sich aufgeschwungen haben zum Herrscher über den Körper,
die jede Lebensqualität rauben, nein, geraubt haben.

Endstation.

Alles, was blieb, war das Warten auf jenen Moment wo dein
Geist, dein Wille bereit war loszulassen. Das Fleisch war schon
längst zu schwach und dennoch ...

Wenn ich heute – mit all dem, was man im Nachhinein immer und immer besser weiß, wissend, dass es vielleicht besser gewesen wäre, etwas ... – zurückblicke, dann könnte es
sein, dass manche Entscheidungen nicht oder anders gefallen wären, wir beschlossen hätten, das und jenes zu tun oder
zu lassen.

Sicher allerdings bin ich mir nicht einmal im Lichte des
Rückblicks, denn vielleicht – nein, ich bin mir vollkommen
sicher, dass – wären immer die Überlegungen, die bohren-
den Gedanken geblieben: „Was wäre gewesen, wenn doch ...?"

Doch all diese und ähnliche Gedanken sind Seifenblasen, bunt schillernd und doch so schnell zerplatzt, wenn sie mit der harten Wirklichkeit in Kontakt kommen.

Gottes Wille, Inschallah, Kismet, Karma, dumm gelaufen – wie immer man es auch nennen möchte, es ändert nichts und macht es um keinen Deut anders oder gar besser.

Was bleibt, sind Tatsachen, was bleibt ist – egal aus welchen Blickwinkeln auch betrachtet und wie subjektiv eingefärbt und damit anders wahrgenommen – die Wirklichkeit. Und die fragt nicht, ob sie uns gefällt.
     Die ist, wie sie ist.

Das Fest, das wir, wenn schon nicht endlos, so doch zumindest noch weit entfernt von diesem Endpunkt wähnten, hat doch jetzt und hier seinen Schluss.

Es bleibt nichts mehr, als …

> *Let's go all the way tonight*
> *No regrets, just love.*

Ich liebe dich!

Epilog – ein höflicher Abschied

Avec mes souvenirs
J'ai allumé le feu ...
Non ! Je ne regrette rien!
Edith Piaf

Dance me to your beauty with a burning violin
Dance me through the panic till I'm gathered safely in
Lift me like an olive branch and be my homeward dove
Dance me to the end of love
Leonard Cohen

I offered up my innocence
I got repaid with scorn
Come in, she said
I'll give ya shelter from the storm
Bob Dylan

Und – um die Sache rund zu machen:

And if you're offering me diamonds and rust
I've already paid
Joan Baez

If I don't meet you no more in this world
then I'll meet ya on the next one
So don't be late
Jimi Hendrix

Titel von Bildern

EIN HERZ FÜR AUTOREN A HEART FOR AUTHORS À L'ÉCOUTE DES AUTEURS MIA KAPΔIA ΓIA ΣYΓΓ
HJÄRTA FÖR FÖRFATTARE UN CORAZÓN POR LOS AUTORES YAZARLARIMIZA GÖNÜL VERELIM SZ
UN CUORE PER AUTORI ET HJERTE FOR FORFATTERE EEN HART VOOR SCHRIJVERS TEMOS OS AUT
SERCE DLA AUTORÓW EIN HERZ FÜR AUTOREN A HEART FOR AUTHORS À L'ÉCOL
CORAÇÃO ВСЕЙ ДУШОЙ К АВТОРАМ ETT HJÄRTA FÖR FÖRFATTARE Á LA ESCUCHA DE LOS AUTO
AUTEURS MIA KAPΔIA ΓIA ΣYΓΓAΦEIΣ UN CUORE PER AUTORI ET HJERTE FOR FORFATTERE EEN
YAZARLARIMIZA GÖNÜL VERELIM SERCE DLA AUTORÓW EIN HERZ FÜ

Der Autor

Ernst F. Reinhard kam 1956 in Leoben, Steiermark zur Welt und die Steiermark bliebt immer
sein Lebensmittelpunkt, auch wenn er – Oma
sei Dank – schon früh auf Reisen ging und noch
immer gerne geht. Nach der Matura studierte er
an der Pädagogischen Akademie Graz-Eggenberg
und war 40 Jahre lang Kunsterzieher, Englisch-,
Geschichte-, Informatik- und Allesandereauchleh-
rer. Kreativität ist ihm wichtig. Er spielte (Laien-)
Theater, war Mitglied einer Kabarettgruppe (und
war auch kurz Politiker – für manche ja auch eine
Art von Kabarett) Er zeichnet und malt, schreibt
und liebt es, Musik zu hören wobei sich der
Bogen so weit spannt, dass nur „volksdümmliche"
Musik keinen Platz darin findet. Über sich selbst
sagt Ernst F. Reinhard, könne er besonders gut
klugscheißen, Geschichten erzählen, Menschen
zum Lachen, aber auch zur Verzweiflung bringen,
Akzente und Dialekte nachmachen – alles Dinge,
die man in seinen Augen „unbedingt braucht".